von Morskötter,
50plus, Tochter, Weganerin und Tiertherapeutin

Gertrud Potter,
82, beste Freundin

Ilse Gläser,
82, älteste Freundin

Kurt Gläser,
87, Fahrer & Ehemann von Ilse

ro
ro
ro

Renate Bergmann, geb. Strelemann, wohnhaft in Berlin. Trümmerfrau, Reichsbahnerin, Haushaltsprofi und vierfach verwitwet: Seit Anfang 2013 erobert sie Twitter mit ihren absolut treffsicheren An- und Einsichten – und mit ihren Büchern die ganze analoge Welt.

Torsten Rohde, Jahrgang 1974, hat in Brandenburg / Havel Betriebswirtschaft studiert und als Controller gearbeitet. Sein Twitter-Account @RenateBergmann, der vom Leben einer Online-Omi erzählt, entwickelte sich zum Internet-Phänomen. «Ich bin nicht süß, ich hab bloß Zucker» unter dem Pseudonym Renate Bergmann war seine erste Buchveröffentlichung – und ein sensationeller Erfolg –, auf die zahlreiche weitere, nicht minder erfolgreiche Bände und ausverkaufte Tourneen folgten.

RENATE **BERGMANN**

Die *Reste* frieren wir ein

Weihnachten mit
Renate Bergmann

Rowohlt Taschenbuch Verlag

3. Auflage November 2019

Originalausgabe
Veröffentlicht im Rowohlt Taschenbuch Verlag,
Hamburg, November 2019

Die Geschichte «Staaken / Erzgebirge, 1973» ist bereits 2018 im von Dinah Sophie Fischer und Marcus Gärtner herausgegebenen Band «Weihnachten mit Punkt Punkt Punkt» (Rowohlt Polaris) erschienen.
Covergestaltung any.way, Barbara Hanke / Cordula Schmidt
Coverabbildung Rudi Hurzlmeier
Satz Stempel Garamond, PostScript, InDesign
Gesamtherstellung CPI books GmbH, Leck, Germany
ISBN 978-3-499-00148-2

Guten Tag,

hier schreibt Renate Bergmann. Sind Se mir nicht böse, wenn ich nebenher noch ein Auge auf den Herd haben muss, aber hier simmert der Grünkohl für Weihnachten auf kleiner Flamme. Da muss ich nebenher ab und an umrühren, nicht, dass der ansetzt. Er braucht seine vier Stunden auf kleinem Feuer, damit er richtig schmeckt, aber man muss aufpassen, dass er nicht anbrennt. Die Beilagen sind doch das Beste!

«Zum Weihnachtsbraten?», werden Se sagen, «Jetzt? Es ist doch gerade Oktober!» Ja, die Sprüche kenne ich! Ihr jungen Dinger, die ihr immer alles auf den letzten Drücker erledigt. Grünkohl hält sich eingefroren nicht nur prima, der schmeckt sogar besser, wenn man ihn aufwärmt. Wenn überhaupt, gibt es bei so Grünschnäbeln höchstens Grünkohl aus dem Glas. «So billich kannste alleine gar nicht kochen!», sagt meine Nachbarsche, die Meiser, immer, wenn sie wieder den Büchsenöffner ansetzt. Das mag stimmen, aber wissen Se, wenn ich koche, dann *koche* ich und mache nicht warm. Ich will schließlich, dass die Teller hinterher blitzeblank sind und nicht, dass nur appetitlos in meinem Essen rumgestochert wird. Laden Se sich wenigstens bei der Mutti oder der Omi ein, bevor Se Fertigzeugs essen, kann ich nur mahnen. Die freuen sich zudem noch, wenn Besuch kommt, gerade über die Feiertage. Wer ist da schon gern allein?

Weihnachten. Ach, da kriege ich gleich so ein Huchgefühl, wenn ich nur dran denke.

Hochgefühl.

Hihi, ein Huchgefühl hatte ich letzthin, als so ein Bengel an der Bushaltestelle in die Pfütze hüpfte und mich nass gespritzt hat.

Nee, an Weihnachten wird mir immer ganz wohlig ums Herz. Es ist das Fest der Liebe, der Wärme und der Hoffnung. Und auch das Fest des guten Essens. DAS darf nämlich nicht fehlen, wenn die Lieben zusammenkommen. Man will sich schließlich nichts nachsagen lassen, nich wahr? Wie unangenehm ist es doch, wenn der Kuchen abgezählt ist. Wie anno – lassen Se mich überlegen – anno '81 bei meiner Frau Liebeldank-Henning. Das war die Kulturtante bei der Reichsbahn, die hatte uns, die örtliche Frauengruppe, zu sich eingeladen. Stellen

Se sich mal vor, da saßen tatsächlich 12 Personen bei Tisch. Und für eine Gruppe dieser Größe hatte die Liebelzank nur vier Kuchen gebacken! Ich kriege bis heute eine aufsteigende Hitze, wenn ich an die unangenehme Situation denke, als man schon fast das Muster auf der Tortenplatte sehen konnte, weil so viel weggegessen war. So eine Schmach. Die Gäste mussten ja denken, sie hatte nicht satt zu essen! Wochenlang wurde geredet, bis zum Fasching hin. Nee, Weihnachtszeit ist Dehnbundzeit. Da lässt sich eine Renate Bergmann nichts nachsagen.

Wenn die Familie da ist, wird aufgetischt. «Liebe geht durch den Magen», heißt es, und ich habe bis auf den heutigen Tag noch nie gehört, dass das Sprichwort «aber nur ein schmales Stückchen» weitergeht. Auch in schweren Zeiten, wenn wir übers Jahr manchmal gehungert haben (na ja, wissen Se, ganz ehrlich: Wir wohnten auf dem Land, wir hatten immer satt zu essen. Aber manchmal gab es keinen Nachtisch! Und auch keinen Nachschlag) – zum Weihnachtsfest wurde nur das Beste aufgetragen. Selbst im Hungerwinter 46/47, als Mutter die Hennen und Karnickel alle an die Berliner vertauscht hatte, die in voll besetzten Zügen zu uns rauskamen, selbst da hat sie für uns was zurückbehalten und ein Festmahl gezaubert. Opa Strelemann hat seinerzeit

Biber gewildert. Wissen Se, wie soll so ein Städter denn einen abgezogenen Biber von einem gehäuteten Karnickel unterscheiden? Oma und Mutter haben die Dinger gut verhökert und noch Rezeptempfehlungen mitgegeben, und ich bin mir sicher, die hatten alle schöne Festtage.

Als meine Tochter Kirsten noch richtig gegessen hat und nicht nur Salatblätter und Körner zermalmte, da hat es auch noch Spaß gemacht, für sie zu kochen. Trotzdem musste ich uns mal vegetarisch machen am ersten Feiertag, weil ich in der Aufregung am Tag vorher – wir wollten in die Kirche, der Rotkohl drohte anzusetzen, und die Gans musste begossen werden, alles gleichzeitig, und dazu hatte ich noch die Wickler im Haar, keine Brille auf und das gute Kleid schon an! – na ja, da habe ich zwei Teelöffel Schayennpfeffer auf den Vogel getan statt Beifuß. Bis Silvester hin habe ich fast nur geweint wegen der Schande. Dass das einer gestandenen Hausfrau und Köchin wie mir passiert, nee, der Makel sitzt mir bis heute auf der Seele wie ein Fettspritzer auf der ansonsten blütenweißen Kochschürze meiner Mutter. Aber eine Renate Bergmann ist eine ehrliche Person, die auch mit solchen Dingen nicht hinterm Berg hält, sondern sie offen einräumt. Wir haben Kartoffeln mit Rotkohl gegessen, der war nämlich wunderbar weich wie immer, und zum Nachtisch gab es Götterspeise mit Vanillesoße. Das ging auch mal. Wir haben in dem Jahr Kaffee und Torte – es muss '83 gewesen sein, auf jeden Fall gab es hinterher noch «Die Peter-Alexander-Show» im Pantoffelkino – eine Stunde vorgezogen, sodass der Hunger nicht allzu groß war. Bis heute habe ich nicht darüber gesprochen, aber nun, wo Gras über die ollen Kamellen gewachsen ist, kann ich es wohl zugeben.

Aber das reicht nun auch, mehr sage ich nicht über den Vorfall!

Im Gegensatz zu der Geschichte, die erst letztes Jahr passiert ist, die schreibe ich Ihnen in Gänze auf. Vorab nur so viel: Kurt hatte zwei Gänse bei seinem Karnickelzüchterfreund Lothar bestellt. Sie wissen ja, wie das ist, die zähen Viecher aus dem Gefrierer in der Kaufhalle kann man nicht essen. Wenn man sie aufgetaut hat, sehen sie schon grau und nicht sehr appetitlich aus. Gleich beim Anbraten entlassen sie so viel Fett, dass man Schmalz bis zum Frühjahr hin hat, und je länger man den Vogel brät, desto mickriger und zäher wird er. Wie Gummi! Nee, so was kommt mir nicht in die Pfanne. Da gebe ich sehr gern ein paar Mark mehr aus und kaufe eine Gans vom Bauern. Euro, wir haben ja den Euro. Bei Lothar haben die Tiere das ganze Jahr Auslauf, die baden sogar im Anger, fressen grünes Gras von der Wiese und kriegen sonst nur Kartoffeln, die Lothars Inge ihnen jeden Tag mitgekocht hat. Gläsers und ich hatten die Gänse von Lothar schon jahrelang abgenommen. Im Frühjahr haben wir bestellt, Lothar hat uns aufgeschrieben und zwei Gössel mehr gekauft, und wenn das Fest ran war, sind Kurt, Ilse und ich mit dem Koyota los und haben die Vögel abgeholt, küchenfertig geschlachtet und ausgenommen, den Hals, den Bürzel und die Innereien beigelegt, damit es eine schöne kräftige Soße gibt, so wie es abgemacht war. Bis Lothar im letzten Jahr ausfiel und wir unsere Gans bei einem anderen Kurt-Kumpanen namens «Keule» bestellen mussten.

Ich mache das hier mal kurz und erzähle später ausführlich: Kurt wusste am Heiligen Abend nur, dass Keule «eine gute halbe Stunde» außerhalb von Berlin wohnte. Er war nie bei ihm gewesen und hatte auch keine Telefonnummer. Die sahen sich ja immer nur bei der Rammlerausstellung! An dem Tag sind wir mit dem Koyota in mehr märkischen Dörfern gewesen als der Fontane bei seinen Wanderungen, sage ich Ihnen. Fix und fertig bin ich gewesen und sah mich am Festabend schon Kirstens Smufies mit dem Trinkhalm schlürfen. Ach, das war eine Aufregung! Wie wir doch noch zu einem butterzarten und wunderbar saftigen Gänsebraten kamen, davon berichte ich Ihnen. Nur Geduld.

Ja, sehen Se, und so drehen sich viel Geschichten, an die ich mich erinnere, wenn ich an Weihnachten denke, um den Festtagsbraten und um das Essen. Sehr gern schreibe ich Ihnen davon auf, wissen Se, was sollen die im Schatzkästchen meiner Erinnerungen verdörren? Wenn Sie Freude daran haben, lasse ich Sie gern teilhaben. Man muss nicht alles mit ins Grab nehmen, die netten Geschichten kann man doch teilen. Es gibt genug dunkle Geheimnisse, die ich nicht ausplaudere, auch, wenn Se gerade die vielleicht hören wollen. Hihi.

Nun wollen wir mal loslegen. Ich schreibe Ihnen jetzt nicht noch lange auf, wie alt Ilse und Kurt sind und wer noch so alles vorkommt in dem Büchlein. Da mache ich Ihnen auf den Vorsatz so kleine Biographien, da können Se nachgucken, wenn Se jemanden nicht kennen. Aber Sie kennen doch meine Leutchen schon, oder?

Huch, jetzt muss ich aber dringend den Grünkohl umrühren, sonst setzt der doch noch an. Währenddessen können Sie ja anfangen zu lesen.

Ihre Renate Ber…

(Herrje. Jetzt ging doch glatt der Brandmelder an.)

Es war eine schwere Zeit,
aber in allem steckt immer auch was Gutes:
Unser Turnlehrer hat im Winter ’46
den Stufenbarren verheizt,
weil es nichts zum Feuern gab.
In Geräteturnen war ich nie eine Leuchte!

Gut Finkenhof, 1946

1946, da war ich knapp davor, ein Backfisch zu werden, feierten wir ein Weihnachtsfest, an das ich bis heute als eines meiner schönsten zurückdenke.

Wir lebten damals auf dem Gut Finkenhof, das liegt im Märkischen. Wenn ich «wir» sage, meine ich damit Mutter, meinen kleinen Bruder, den Fritz, und Oma und Opa Strelemann. Der Krieg war zwar vorbei, aber die Zeit des Darbens und der Entbehrungen war es noch lange nicht. Zu allem Leid, das der Krieg über uns gebracht hatte, kam auch noch einer der härtesten Winter, an die man sich bis heute erinnert.

Es gab Weihnachtsfeste, an denen mehr geschehen ist und von denen zu berichten sich vielleicht auch lohnen würde. Wie damals, als Ilse von der Leiter gefallen ist, weil sie am ersten Feiertag unbedingt noch Staub vom Kronleuchter wischen wollte und Kurt … also, das gehört auch eigentlich nicht hierher. Nein, viel Schlimmes, Verrücktes oder Komisches ist damals nicht geschehen. Ich möchte Ihnen aus einem anderen Grund von genau diesem Weihnachtsfest erzählen. Ich will Ihnen berichten, wie die Zeit damals war und wie wir uns über das Wenige, das wir hatten, freuten und es in unseren Herzen wuchs und wuchs.

Wir schliefen damals alle in einem Bett, das müssen Se sich mal vorstellen. Das sparte Heizung! Oma, Mutter und wir Kinder kuschelten uns im großen Ehebett im Elternschlafzimmer aneinander und wärmten uns gegenseitig. Opa bettete sein Haupt nachts nicht mit in der Schlafstube, sondern in der Küche auf den schieren Dielen. Gerade den spanischen Bettvorleger hatte er als Matratze.

Moment.

Spartanisch, nicht spanisch.

Es war so bitterkalt, dass wir unseren Odem als weißen Dunst sahen, wenn einer ausatmete. Opa schnarchte ein bisschen. Na, ein bisschen … wir hörten es bis rüber ins Bett! Im Laufe der

Nacht wurde sein Grunzen immer trockener, und manchmal hatte ich Angst, dass seine Mandeln einfroren.

Opa Strelemann schlief aber nicht aus Rücksicht auf dem Küchenboden, sondern weil er früh rausmusste, um die Kuh zu melken.

Ja, wir waren wer. Wir hatten eine Kuh!

Das kann in der heutigen Zeit ja keiner mehr nachvollziehen, was das bedeutet hat. Wir hatten Milch und konnten selber Käse und Quark machen, und das wiederum konnte Mutter gut verkaufen oder vertauschen. Kurz nach dem Krieg, bis in die 50er Jahre hinein, gab es Lebensmittel nämlich nur rationiert und auf Bezugskarte. Da blühte der Schwarzhandel mit den Bauern auf dem Land, sage ich Ihnen. Auf die Kuh hat Opa aufgepasst wie auf den Schlüssel zum Schuppen, in dem die Destille stand. Der schlief mit einer Forke neben seinem Nachtlager, damit er einem möglichen Einbrecher sofort hätte den Garaus machen können. Die Susi – so hieß sie, die Braungefleckte – bekam nicht nur jeden Morgen warm zu saufen, während wir uns mit eisigem Wasser die Zähne putzen mussten, nein, Opa wärmte sich auch immer die Hände an, bevor er ihr ans Euter fasste. Regelrecht verwöhnt hat er sie! Oma wurde beinahe neidisch. «Die blöde Kuh», hat sie manchmal gesagt. Aber natürlich war sie froh, dass wir die Susi hatten.

Wir liefen zu der Zeit bis in den November hinein mit nackten Füßen rum, weil wir nur ein Paar Strümpfe hatten, und die mussten geschont werden für den Winter. Als der dann kam, kam er krachend kalt und legte das ganze Land unter Schnee und Eis. Der Ostwind pfiff wochenlang so schlimm, dass Oma kaum krauchen konnte mit ihrem Ischias. Uns Kindern waren die Zehen blau gefroren. Wo der kleine Fritz war, konnte man schon immer an der Schnodderspur sehen: Seine Nase tropfte egal fort, bis Oma ein Einsehen hatte und eine Strickjacke von Vater, die sie bis dahin als Erinnerung aufbewahrt hatte, aufräufelte und ihm aus der Wolle ein paar Extrasocken strickte.

Nachdem Opa Strelemann in einer Nacht die Spucke auf dem Küchenboden gefror, sprach er schließlich: «So, Frauensleute, genug ist genug. Heute Nacht lege ich mich bei euch in der Schlafstube hin.» Er schlug sein Ruhelager links neben Omas Bettseite auf, wie immer auf dem harten Dielenboden. Gerade, dass er die Bettumrandung als Unterlage hatte und seine grobe

Pferdedecke aus der Küche mitbrachte. Er lag da wie ein Brett und schnarchte mit Oma um die Wette. Kurz vor dem Einschlafen guckten Mutter, Fritz und ich uns an, kniffen kurz die Augen zusammen und schnitten eine Grimasse. Laut zu lachen trauten wir uns nicht, am Ende wären die Großeltern noch wach geworden? Dann drückte uns Mutter noch mal kurz an sich und gab uns eines der seltenen Küsschen auf die Stirn. Mutter hatte es nicht leicht – der Mann, also mein Vater, war im Krieg geblieben, sie musste zwei Kinder satt kriegen, und auch wenn es ein Glück und sie dankbar war, dass wir bei Oma und Opa Strelemann unterkommen konnten, war es nicht immer einfach mit den alten Herrschaften. Olle Leute sind manchmal stur und unverbesserlich. (Heute weiß ich das …)

Mutter konnte sich Zärtlichkeiten nicht oft erlauben, es kam selten vor, dass sie sagte: «Renate, komm mal her, Mama pustet», wenn ich gefallen war oder mir das Schienbein an den Brennnesseln verbrannt habe. Meistens hieß es: «Reiß dich zusammen, jammern nützt nichts.» Sie war keine hartherzige Frau, aber die schwere Zeit zwang sie, eisern zu sein.

Oma hat in jener Nacht, als Opa zu uns in die Schlafstube zog, noch heftig mit ihm diskutiert, dass er seine Forke nicht mit reinnehmen darf, aber da stellte er sich bockbeinig. Was meinen Se, was los war, als Oma im Morgengrauen aufs Häuschen musste und über den Stiel gestolpert ist. Wir waren alle wach, und keiner schlief mehr ein, und Oma zeigte jedem den blauen Fleck am Knie, sogar dem Herrn Pfarrer.

Ja, mit Oma und Mutter war das so eine Sache. Zwei Frauen auf einem Hof und in einer Küche – da können Se sich ja denken, dass das öfter rauchte. Aber die Zeiten waren so, und es ging nicht anders.

Meine Mutter war eine schlitzohrige und gerissene Frau. Es gibt Leute, die sagen, ich schlage nach ihr. Sie hat die Hühner, Gänse und Enten, die wir den Sommer über auf dem Bauernhof großgezogen haben, teuer an die Städter verschachert. Das war ja alles streng verboten, wissen Se, es gab damals Lebensmittelkarten, und jeder durfte offiziell nur 100 Gramm Fett die Woche beanspruchen. Und das galt schon für Arbeiter! Kindern und alten Leuten stand noch weniger zu. 100 Gramm Fett die Woche, überlegen Se mal! Das ist das, was meine Freundin Gertrud heutzutage als «kleinen Stich Butter» an ihr Gemüse macht. Von Fleisch reden wir erst gar nicht. Mutter jedenfalls hatte auch in diesem Jahr kurz vor den Festtagen mit der Hilfe von Opa Strelemann das Geflügel geschlachtet und ausgenommen. Von jeder Ente oder Gans hatte sie entweder eine Keule, den Hals oder mal einen Flügel auf die Seite gelegt, für uns. Es war ihr ein Leichtes, so einem dusseligen Stadtmenschen weiszumachen, dass das Tier einen Granatsplitter abbekommen hatte und mit nur einem Bein groß geworden war. Jedenfalls hatten wir eine herrliche Geflügelpfanne zum Fest, mit einer Keule für jeden und Hälsen und Bürzeln für den Geschmack. Opa hat auch Biber gewildert, wissen Se, Naturschutz war damals ja noch nicht. Und so abgezogen ohne Fell sehen die Tiere für so einen Städter doch alle gleich aus, da gleicht sozusagen ein Ei dem anderen. Die hatten zum Fest satt zu essen, und wir kamen gut über die Runden. Mutter hat die Waren nicht verkauft, sondern getauscht. So kam sie zu Stoff, aus dem sie ein Kleid für mich und eine Hose für Fritz schneiderte. Für die große Pute hat sie sogar ein Tafelservice von Meißen bekommen! Damals hieß es: «Die Bauern sind gerissen, die haben sogar Teppiche im Kuhstall liegen.» Ganz so war es nicht, aber es war eben die Zeit, wo der Hunger die Preise diktierte. Mutter verlangte trotzdem keinen Perserteppich, ich bitte Sie! Das wäre übertrieben gewesen, und der hätte bei uns auch gar nicht reingepasst, weder in die gute Stube noch in den Stall. Einen richtigen Kuhstall hatten wir auch gar nicht, die Susi war in der Scheune angebunden. Wohl aber handelte Mutter eine Brille für Oma Strelemann raus, eine Pfeife für Opa und eine Fuchsstola für sich selbst. Das war aber ein Fehler, wissen Se, das Ding müffelte wie nasser Hund und ließ so viel Haare aus, dass sie ihn nie getragen hat. Nur manchmal, ganz selten, stand sie in einer stillen Stunde nach der harten Arbeit allein in der Schlafstube vor dem Spiegel und legte den Fuchs um. Dann träumte sie sich weg aus der Enge, weg vom Hunger und der Arbeit, weg in eine Zeit, die man heute die «gute, alte» nennen würde. «Ihr sollt es mal besser haben als ich, meine Engelchen», sprach sie und drückte Fritz und mich an sich. An diese Momente erinnere ich mich gern und gut. So dachten wir an Vater und sprachen ein kleines Gebet für ihn, und Mutter küsste uns ganz zärtlich.

Nach ein paar Jahren war der Fuchs übrigens so mürbe geworden, dass er fast nur noch aus losen Fellflusen bestand. Als ihm auch noch eines der Glasaugen rausfiel, entschied Mutter, dass es nun genug sei mit der Träumerei. Sie hängte ihn über die Tür vom Hühnerstall. So erfüllte das gute Stück noch einen Zweck: Die Hennen kuschten vor Angst, und es kam nie mehr ein anderer Fuchs zum Wildern vorbei. Die Viecher dachten wohl, sie würden hier als Pelz enden.

In jenem Advent wurden weder Plätzchen ausgestochen noch Herzen aus dunklem, schwerem Pfefferkuchenteig gebacken. Wir hatten doch nichts! Solche Leckereien gab es erst später wieder. Die Rezepte dafür bewahrte Oma gut in ihrer schwarzen Kladde auf, immer in dem festen Glauben, dass wieder bessere Zeiten kämen. Das Verzichten fiel uns nicht schwer, denn wir hatten uns und unsere Liebe und Fürsorge, die uns an die Zukunft glauben ließen. Und natürlich hatten wir auch, was die Städter uns im Tausch daließen, hihi.

Was Mutter bei allen Entbehrungen jedoch nicht zuließ, war, dass es keinen Adventskalender für uns Kinder gab. Noch heute kaufe ich jedes Jahr welche, das ist eine schöne Tradition. Einen für Lisbeth und einen für die kleine Agneta, was die Töchter von meinem Neffen Stefan sind. Und auch einen für den Jens-Dieter, den Nachbarsbengel. Der muss das Türchen aber jeden Morgen auf dem Weg zur Schule bei mir in der Küche aufmachen, weil seine Mutter, die Frau Berber, ihm die Schokolade sonst wegessen würde. An Schokolade war damals nicht zu denken, aber auch, wenn wir nichts zu naschen hatten, zauberte Mutter jeden Tag eine kleine Freude für uns. Sie bastelte selber einen Adventskalender, und Fritz und ich durften jeden Tag abwechselnd ein Türchen öffnen. Mutter war eine Frau mit Geschick und Phantasie. Sie hatte aus Seidenpapier kleine Bildchen geschnippelt, die wunderschön schimmerten, wenn man sie gegen das Licht hielt. Manchmal war es eine Gans, dann wieder ein Nikolausstiefel oder ein Pferd. Sogar einen Mistelzweig hatte Mutter mit der Nagelschere geschnitten, und ich kann ihnen kaum beschreiben, mit welcher Vorfreude wir Kinder am Abend nach der kargen Mahlzeit abwechselnd ein Türchen öffneten. Ab und an hatte Mutter auch eine Nuss oder sogar einen Apfel (einen ganz kleinen natürlich) hinter dem Türchen versteckt. Das war etwas ganz Besonderes, wenn es noch eine Leckerei hinterher gab. Opa zündete die Adventskerze dazu an, die immer genau eine Stunde brannte. Danach war der Abschnitt für den Tag runtergekokelt. Wenn man die Kerze hinter Mutters Seidenpapierbasteleien stellte, schillerten diese wunderschön und ließen uns in Träumen schwelgen. An den Sonnabenden stellte Opa nach dem Abendbrot für eine Stunde den Radioapparat an. Fernsehen war da ja noch nicht, nur Radio. Für uns Kinder war es das größte Rätsel, wie klein der Mann wohl sein musste, der da im Kasten sitzt und die Adventschöre ansagte?

Seinerzeit gab es zum Weihnachtsfest keine großen Geschenke. Trotzdem versuchten wir Kinder alle Tricks, damit das Christkind uns möglichst gewogen war. Im Grunde war uns klar, dass alles am Wohlwollen von Mutter und den Großeltern hing, aber was, wenn es das Christkind – oder den Weihnachtsmann – doch gab? Wir wollten ganz sichergehen! Wir kannten Frau Schleedorn, die bei uns im Dorf wohnte. Frau Schleedorn war, wie Oma Strelemann fein formulierte, «eine Frau mit großem Herzen». Damals sagte man nicht einfach «sie war ein Flittchen», da drückte man sich noch gewählter aus. Das ist ja leider auch verlorengegangen. Nur im Arbeitszeugnis, da drucksen se noch rum. Da steht bis heute: «Er neigte zur Geselligkeit» und nicht, dass er gesoffen hat wie ein Loch. Frau Schleedorn jedenfalls arbeitete in der Stadt, sie war ein Telefonfräulein und stöpselte in der Vermittlung die Kabel um. Die musste doch die Nummer vom Christkind haben! Fritz und ich streuten unsere Wünsche gezielt und sorgten dafür, dass Mutter und Oma über die Schleedorn erfuhren, was wir gerne zu Weihnachten bekämen. Frau Schleedorn würde es Mutter und Oma schon zustecken, und die würden beim Christkind durchrufen, wenn es das am Ende doch gäbe … so war unsere Überlegung. Wir waren eben Kinder. Frau Schleedorn war sozusagen unser Erzengel, der die Botschaft der Wünsche dem Christkind oder wenigstens den Erwachsenen überbringen sollte. Mit großen Geschenken rechneten auch wir Kinder nicht. Wir kriegten doch mit, was los war, und passten unsere Wünsche an. An teure Präsente zum Weihnachtsfest war nun wirklich nicht zu denken.

Kennen Se das schöne Lied «Oh, es riecht gut, oh es riecht fein?». Darin heißt es: «Hansels Eisenbahn ist weg, steht nicht mehr am alten Fleck.» Als ich das vor ein paar Tagen mit Lisbeth und Agneta gesungen habe, fragte mich Lisbeth, warum denn die Eisenbahn weg ist und was es damit auf sich hat. So was kennen die Kinder ja gar nicht mehr! Als ich ein Mädchen war, gab es nicht jedes Weihnachten Berge von neuem Spielzeug. Nein, auch nicht zum Geburtstag! Nee, da verschwand in der Adventszeit das Puppenhaus wie durch Zauberhand und tauchte am Heiligen Abend unter dem Weihnachtsbaum, frisch renoviert und tapeziert von Opa Strelemann, wieder auf. Ebenso verhielt es sich mit meiner Puppe. Ja, Einzahl ist richtig, die olle Bergmann hat sich nicht vertippt: Ich hatte nur eine Puppe. Mutter schneiderte der Evelyn – so hatte ich sie genannt, ich fand Evelyn einen sehr eleganten Namen und dachte, die feinen Damen aus der Stadt heißen alle so – jedes Weihnachten und auch zu meinen Geburtstagen aus Stoffresten neue Kleider. Einmal strickte ihr Oma Strelemann sogar warme Wintersocken, und so machten die Eltern und Großeltern unser Spielzeug immer wieder zu etwas Neuem. Deshalb verschwanden die Spielsachen im Advent, deshalb war Hansels – oder in unserem Falle Fritzchens – Eisenbahn oder Renates Puppenstube dann eben mal weg. Aber was meinen Se, wie unsere Augen leuchteten, wenn in der Puppen-Wohnstube plötzlich eine Aussteuertruhe stand, die Opa aus einer ollen Zigarrenkiste gebaut hatte. Er hatte sie gestrichen und sogar wie eine richtige, alte Bauerntruhe mit einem Blumenrand bemalt, und Oma hatte winzig kleine Servietten aus dem Tischtuch geschnitten, das verkohlt war, weil Opa seine Zigarre drauf hatte liegen lassen. Die Erwachsenen haben für uns Kinder mit viel Liebe gewerkelt!

Später, als auch Oma Strelemann begriffen hatte, dass ich mit meinen 14 Jahren nicht mehr an den Weihnachtsmann glaube, hat sie mir erzählt, dass es für die Großeltern das Schönste im Advent war, wenn sie das harte Leben für ein paar Winterabende vergessen und für uns Kinder die Geschenke basteln konnten.

Aber das schönste Geschenk, das ich in meinem ganzen Leben bekommen habe, waren (nee, nicht meine Tochter Kirsten, glauben Se das nur nicht, hihi):

Je ein Paar Schuhe für Fritz und mich. Mutter hatte einer Frau eine Ente ohne Hals und mit nur einem Flüchtel verkauft, und die kannte einen Herren, der Schuster war und der – für eine Ente mit nur einer Keule – zwei Paar Kinderschuhe auf den Leisten zog. Mutter hatte der Frau mit tränenerstickter Stimme von Willi, dem Gösselchen erzählt, dem seine Geschwister noch im Nest das linke Bein abgelatscht hatten und der sein ganzes Gänseleben lang mit nur einer Keule über den Hof gehumpelt war. «Dafür ist die Linke auch doppelt so kräftig. Gucken Sie mal!», pries

Mutter die Reste der Gans an. Zum Glück fragte niemand nach dem Hals der Ente. Aber sicher wäre Muttern dazu auch eine schöne Geschichte eingefallen.

Am Weihnachtstag – genau gesagt, am Heiligen Abend, am 24. nachmittags – hat Mutter uns in der Zinkwanne geschrubbt, nachdem sie die große Weihnachtswäsche gemacht hatte. Bis Mittag wurde noch gearbeitet, dann gab es nur eine Kleinigkeit zu essen, denn schließlich wurde abends warm und reichlich gekocht. Zwischen den Jahren durfte keine Wäsche aufgehängt werden, bis hin zu den Raunächten im Januar. Oma Strelemann behauptete, es bringe Unglück, «zwischen den Jahren» Wäsche auf der Leine zu haben. Deshalb kam vorher noch mal alles in den Kessel, schließlich wollten wir alle genug saubere Buchsen im Schrank haben, bis wieder Waschtag war.

Baden am Waschtag war übrigens nicht nur nach dem Krieg an der Tagesordnung. Das haben wir bis spät in die 60er Jahre rein noch so gemacht, bis wir dann endlich eine Badestube mit Ofen hatten. Aber in den Jahren und Jahrzehnten davor war jeden ersten Sonnabend im Monat Waschtag. Da wurde der Kessel im Waschkeller angeheizt, und wir Frauen hatten gut zu tun. Es musste ja alles eingeweicht, gekocht, auf dem Waschbrett gerieben und gespült werden. Damals war Wäschewaschen noch harte Arbeit, da schmiss man nicht einfach das Türchen der Maschine zu, und nach zwei Stunden kam alles blütenrein wieder raus! Gegen Abend, wenn das Tagwerk verrichtet war und sich die Woche dem Ende zuneigte, wurde das letzte Spülwasser im Kessel noch mal mit ein paar Scheiten Holz auf Badetemperatur gebracht. Opa rückte nicht gern Holz raus, da war er knauserig. Schließlich musste jeder Stamm im Wald geschlagen und mit dem Pferd – ach, der ging ganz sanft im Geschirr und war brav! – auf den Hof gezogen werden. Später hat er es zersägt und gehackt, das war Winterarbeit. Dabei kam man gut ins Schwitzen, und es wärmte durch. Das Holz wurde aufgestapelt und musste noch ein gutes Jahr trocknen, bevor man es verfeuern konnte, sonst hätte es fürchterlich gequiemt. Opa teilte auch das Holz für die Wäsche zu. Zwei Schubkarren, damit mussten die Frauen auskommen. Er hob ein paar feste, große Scheite für sich auf am Badetag, denn er war der letzte in der Reihe der Bader und wollte es im dann schon ziemlich trüben Wasser wenigstens recht heiß haben. Es ging streng der Reihe nach:

erst die Frauen, dann die Männer, und innerhalb des Geschlechts nach dem Alter aufwärts. Ich, die kleine Renate, war die Erste, nach mir kam Mutter dran, danach Oma Strelemann, der kleine Fritz und schließlich und zu guter Letzt Opa. Weil Weihnachten war, bekam jeder Omas Lavendelseife mit ins Wasser. Oma hatte die noch von vor dem Krieg in einer Glasschale auf der Frisierkommode stehen, die wurde aufgehoben für solche Festtage wie diesen und nur ganz sparsam verwendet. Jeder durfte sie nur kurz ins Wasser tauchen, damit sie sich nicht zu sehr abnutzte und wir trotzdem alle fein dufteten. Fritz war ganz rotgerubbelt von der Wurzelbürste, mit der Mutter ihn an diesem Weihnachtstag 1946 bearbeitet hat. Er hatte beim Holzhacken geholfen, wissen Se – wir packten alle mit an, auch wir Kinder, es hat uns nicht geschadet! –, und an seinen Händen klebte das Kien und ging partout nicht ab. Opa Strelemann nahm Fritz in Schutz und sagte «Arbeit schändet nicht», und dass Spuren der Arbeit eher ein Schmuck wären als Dreck, aber Mutter war ganz entschieden dagegen und schrubbte Fritzens Hände und Arme mit heißem Wasser, ihrer Wurzelbürste und zusätzlicher Kernseife, da langte Omas Lavendelstück nicht hin. Erst als Fritzchen puterrot war, nickte Mutter zufrieden und wies ihn an, bis zur Bescherung nur nichts mehr anzufassen. Da war sie ganz bestimmt. Sie schrubbte auch das Leinen, bis es blütenrein strahlte. Selbst das Tischtuch, auf das ich Heidelbeersaft gekleckert hatte, bekam sie weiß wie Schwanengefieder. Die Stelle leuchtete regelrecht raus aus dem an sich beigefarbenen Leinentuch.

Als es schummerig wurde, fuhren wir los zum Gottesdienst. Wissen Se, ich stamme aus einer heidnischen Gegend. In der Regel war da selbst am Heiligen Abend in der Kneipe mehr los als in der Kirche. Man ging ja mindestens einmal in der Woche zum Stammtisch. Nicht, um wer weiß wie viel zu trinken, sondern um zu hören, was es Neues gab. Das war das, was heute eine Fäßbockgruppe ist, sozusagen. Da war auch der Ottmar Horcher, was unser Dorfpolizist war, immer dabei. Viel passierte ja nicht, kein Mord und kein Totschlag. Wenn wirklich mal zwei Karnickel verschwanden, musste Ottmar nur die Ohren aufsperren, wenn er am Stammtisch saß – und der Fall war gelöst.

Aber in dem Jahr kamen alle Bauern im Gotteshaus zusammen, um zu beten, zu feiern und zu hoffen, dass nun wieder bessere Zeiten kommen würden. Es war damals im Grunde genommen nicht anders als heute: Man hat an Weihnachten genug um die Ohren und will sich nicht stundenlang Aufführungen in der Kirche angucken. Die Gästebetten wollen schließlich bezogen werden und die guten Kleider noch mal aufgebügelt. Da hat jeder sein Tun und freut sich, wenn der Herr Pfarrer zügig zum Punkt kommt. Aber dieses Weihnachten war etwas Besonderes.

Es lag ja reichlich Schnee, und wir fuhren mit dem Pferdeschlitten zur Christmesse. Opa hatte tagelang den Rost von den Kufen geschliffen. Was denken Se, wie die harten Jahre selbst dem Gefährt zugesetzt hatten! Wir hatten ja nun alltags beileibe andere Dinge zu tun, als mit dem Schlitten durch die verschneite Landschaft zu fahren wie die Barone oder Grafen, und es hatte auch keiner Zeit, die Schlittenkufen einzufetten, wenn doch genug andere Arbeit im Garten oder im Stall anlag. Aber zur Christvesper in der Kirche, da richtete Opa Strelemann den Schlitten her. Unser Pferd war ein Haflinger, das wir immer nur «Brauner» riefen. Schließlich war es ein kräftiges Arbeitstier und nicht zum Spielen oder Rumtoben da. Der Braune hatte starke, muskulöse Schenkel. Fast wie sie die Frau Berber, meine Nachbarin hier in Spandau, auch hat.

Die ist auch so eine Kurzkeulige. Das Ross war, neben der Kuh, Opas ganzer Stolz. Wir waren ja davon abhängig, dass der Braune gesund war! Der pflügte das Feld, der fuhr das Heu ein und der zog auch den Wagen, wenn die Kartoffeln gebuddelt wurden. Eine kranke Bäuerin auf dem Hof war nicht schön, aber noch schlimmer war es, wenn das Pferd was hatte. Seinerzeit war der Doktor im Dorf ja für Mensch UND Tier da! Man rief ihn jedoch selten. Meist nahm Oma für ihren Ischias einfach die Salbe, die vom Braunen übrig geblieben war. Wissen Se, was anderes hätte der Dokter auch nicht verordnet. Nur hätte man den noch mit einer geräucherten Wurst zusätzlich bezahlen müssen!

Der Braune zog den Schlitten ohne Mühe. Oma saß vorn bei Opa auf dem Schlittenbock. Sie hatte zwar auch ein bisschen Angst bei der rasanten Fahrt, aber die Sorge, dass Opa auf dem Weg zur Kirche schon zwei Schluck vom Selbstgebrannten nahm, war größer als ihre Angst. Oma hatte alle Decken, die wir besaßen, in den Schlitten getragen. Mutter und wir Kinder saßen dick in die Federbetten eingemummelt und konnten uns kaum rühren. Opa schnalzte mit der Zunge, und der Braune trabte los. Der ging genauso fromm im Geschirr wie später alle meine Männer nach spätestens einem Ehejahr, das kann ich Ihnen sagen. Oma hatte ihm als Weihnachtsüberraschung für uns Kinder ein kleines Glöckchen um den Hals gebunden. Also dem Braunen, nicht dem Opa. Während die Fahrt durch den verschneiten Winterwald gemächlich vor sich hin ging, läutete das Glöckchen eine zarte Melodie. Wir konnten alle kein Englisch, aber trotzdem kannten wir das Lied vom «Schlingel Bell» und sangen weihnachtsfreudig und lauthals zur Melodie: «Schlingel bellt, Schlingel bellt, Schlingel kläfft so laut.» Unser Hofhund damals hieß zwar Rex, aber ein Schlingel war er auch. Er war ein großer, ein bisschen trotteliger, aber im Grunde gutmütiger Hund mit dichtem, zotteligem Fell. Auf dem Land musste man einen Hund haben, der das Gehöft bewachte. Das gehörte einfach dazu. Rex war angekettet und schlief in einer Hütte. Der gab immer Laut, wenn Fremde sich näherten, und das machte Eindruck. Heute … na ja. Wissen Se selbst: Für den modernen Hund wird extra gekocht, die Leute fahren mit ihm zum Friseur, und wenn er beim Spazierengehen groß muss, sammeln sie es in ein Plastikbeutelchen und tragen es dem Tier durch die halbe Stadt nach. Ich frage mich ja oft, was Opa Strelemann dazu sagen würde, wenn er das sähe. Allein, dass meine Tochter Kirsten, seine Urenkelin!, Massage mit lauwarmen Steinen gegen Blähungen bei Wellensittichen macht … er würde sich im Grabe umdrehen. Es ist besser, dass er das nicht mehr erleben musste, glauben Se mir. Wie dem auch sei, wir fuhren mit unserem Schlitten durch den Schnee und sangen, so laut es nur ging. Opa mit seinem schiefen Bass immer vorneweg, so schief, dass Oma freiwillig ein Schlückchen vom Selbstgebrannten rausrückte, damit sein Bass wenigstens ein bisschen geölter klang.

An der Kirche angekommen, machte Opa den Braunen gut fest. Es hätte gerade noch gefehlt, dass der uns abgehauen wäre! Der Pfarrer nahm in dem Winter statt einer Kollekte von jeder Familie ein Dutzend Briketts ab. Geld hatte ja sowieso keiner. Kohle war auch knapp, und es gab großes Gemurre in der Gemeinde, aber was sollte der Herr Pfarrer anderes machen? Er musste den eisekalten Kasten zur Christmesse ja irgendwie warm kriegen! So rückte jede Familie aus der Gemeinde ein paar Briketts raus, und da sich keiner was nachsagen lassen wollte, hatten wir während des Krippenspiels eine warme, gemütliche Kirche. Und um die Herzen, das muss ich Ihnen ja nicht extra sagen, war uns sowieso muggelig warm!

Als wir zurück waren, gab es Abendbrot. Es war ein Festmahl!

Wir saßen am Tisch, der festlich gedeckt war. Das gute Familienporzellan, das wir aus Angst vor Plünderungen unter dem Johannisbeerbusch vergraben hatten, war wieder ausgebuddelt und sauber abgewaschen worden, genauso wie das Silber extra poliert worden war. Eine Kerze stand mittig und spendete warmes und behagliches Licht. Oma hatte den Tisch sogar mit ein paar Zweigen vom Weihnachtsbaum geschmückt (natürlich von hinten, da hatte die Tanne sowieso ein paar Zacken). Wir Kinder saßen frisch gebadet und gesegnet mit der Weihnachtsbotschaft da.

Oma hatte uns mit einer Einbrenne aus Mehl eine Suppe für vorweg gemacht. Sie hatte aus Gemüseresten und Knochen vom Huhn eine Brühe gezaubert, die ein Gedicht war. Es war eine einfache Suppe aus einfachen Zutaten, aber nach all den Entbehrungen war es die leckerste Suppe, an die ich mich bis heute erinnern kann. Wissen Se, ganz oft ist es so, dass man nicht nur schmeckt, welches Fleisch man in den Topf gibt, sondern man schmeckt auch die Liebe raus, die mit in die

Suppe kommt. Oma Strelemann hatte kein Filet und auch keine hohe Rippe zum Kochen, aber sie hatte die wenigen Knochen mit so viel Güte gekocht, dass diese Suppe, so lange ich denken kann, unser ganz persönliches Strelemann'sches Weihnachts-Familienessen war. Nie wieder aber hat sie so wohl geschmeckt wie an diesem Heiligen Abend.

Mutter steuerte eine große Pfanne mit Entenkeulen, Gänsehälsen und Karnickelbrüsten bei. Oma und sie hatten lange gestritten, wer was macht: Sie wissen ja, wenn zwei Hausfrauen in der Küche sind, ist das manchmal nicht leicht. Sie wahrten jedoch den weihnachtlichen Frieden und verwöhnten uns beide mit ihren Kochkünsten. Mutter hatte alles, was sie vom Tauschgeflügel abgeknapst hat, gebraten, und es war ein wirkliches Festmahl. Als sie Omas Gusspfanne in die Mitte des Tisches stellte, strahlten wir alle beseelt um die Wette, und als sie reimte:

«Was unsere Oma schon wusste –
Gusspfanne macht die beste Kruste!»,

da lächelte auch Oma Strelemann endlich mal. Als Nachtisch hatte sie für jeden einen Apfel in die Ofenröhre vom Kachelofen geschoben. Es waren die letzten schrumpeligen Herbstäpfel, die sie im Keller gehütet hatte wie ihre Augäpfel – im wahrsten Sinne des Wortes, hihi – und die sie nun zu einem Verwöhnkompott für uns zubereitete. Das Kernhaus hatte sie ausgeschnitten und ein Stückchen Würfelzucker reingesteckt. Das war ganz großer Luxus! Den muss sie von den Amerikanern ertauscht haben, ich weiß es nicht mehr genau. Ich sage Ihnen, es war auf jeden Fall das wunderbarste und köstlichste Weihnachtsmahl in meinem ganzen, langen Leben.

Es blieben beileibe keine Reste zum Einfrieren übrig, aber wir bewahrten uns unsere Erinnerungen an diesen Weihnachtsabend. Das ist manchmal viel wichtiger. Wann auch immer es mir mal nicht so gutging und ich Mut schöpfen musste, erinnerte ich mich an diesen Heiligen Abend zurück. Immer wenn ich meinen Bruder Fritz sehe – wir sehen uns leider nicht sehr oft, er wohnt im Schwäbischen –, schwelgen wir in Erinnerungen, und nach spätestens ein paar Minuten sagt einer: «Weißt du noch? Das Weihnachten, als wir nichts hatten als uns? Als wir Schlitten miteinander gefahren sind und Opa so schief gesungen hat, dass der Hund den Schwanz einzog?»

Dieser Weihnachtsabend war für uns ein Licht

am Ende einer dunklen, furchtbaren und entbehrungsreichen Zeit. Von da an ging es wieder voran. Der Frühling kam, und mit ihm kehrten langsam auch die Freuden in unser Leben zurück. Wohin man schaute, entstand Neues. Der Schutt und die Trümmer wurden beiseitegeräumt. Die Zuversicht und der Glauben, dass es nun wieder besser wird, ließen uns vergessen, was gewesen war. Und wenn uns der Mut doch mal verließ, holte Oma an langen, frostigen Februartagen ein Glas eingewecktes Birnenkompott aus dem Keller. Das schnabulierten wir und träumten dabei vom Sommer, der kommen würde, und mit ihm die Sonne.

Wie gern entsinne ich mich auf diese wunderbare Schlittenfahrt mit der Familie.

Der Winter ging vorbei, und mit dem Frühjahr und der Sonne kam die Zuversicht, und es ging aufwärts. Der Braune bekam sein Gnadenbrot auf dem Hof. Oma auch. Es dauerte nicht lange, und Opa schaffte den ersten Traktor an. Ich blieb ein Wirbelwind, sage ich Ihnen! Die kleine Renate konnte als erstes Mädchen im Dorf Trecker fahren. Erst durfte ich nur bei Opa auf dem Schoß sitzen und hier und da ein bisschen lenken, aber schon im nächsten Jahr konnte ich rückwärts einparken. Mit Holzpantinen an!

Ilse, Gertrud und ich kannten uns ja damals schon. Wir gingen auf der Volksschule in die gleiche Klasse. Wir hatten nur ein Klassenzimmer, und da gab es kein fließend Wasser, zum Austreten mussten wir raus auf den Donnerbalken. Es war nicht die schlechteste Zeit, nein, das lasse ich mir nicht einreden. Unser Lehrer kannte sich in allen Fächern aus und erzog mit Strenge und Gerechtigkeit. Aus jedem in unserer Klasse ist was geworden, sogar aus dem dicken Erich! Wir konnten alle lesen, schreiben, Ausrufezeichen in der richtigen Anzahl setzen und hatten Manieren. Wenn einer mal nicht parierte, war der beim nächsten Mal dran mit Wasserholen. Wir mussten nämlich immer einen Eimer frisches Wasser in der Klasse stehen haben, zum Händewaschen, Tafelwischen und auch, falls mal einer Nasenbluten bekam.

Wenn die Kuh gekalbt hatte oder das Heu eingeholt werden musste, weil ein Gewitter am Himmel stand und Platzregen drohte, ja, meine Güte, dann war eben mal einen Tag lang keine Schule! Das hat uns nicht geschadet. Damals wurden die Ferien auch noch so gelegt, dass die Kinder im Herbst bei der Kartoffelernte helfen konnten und nicht danach, wann in Italien der Campingplatz aufmacht. Es waren schwere, aber auch schöne Jahre.

Aber was ich hier auf den staubigen Pfaden der Erinnerung spaziere, meine Güte … ich wollte doch von Weihnachten berichten! Und da liegt auf diesen Pfaden doch immer Schnee, nicht? Hihi.

Wilhelms Mutter war sehr genau
und zählte die Lamettastreifen ab:
Auf jeden Ast kamen drei.
Sie stellte auch einen Spiegel hinter die Kerze
und feierte zweiten Advent.

Berlin - Karlshorst, 1965

Als Nächstes möchte ich Ihnen von Weihnachten ’66 erzählen. In den neunzehnhundertsechziger Jahren – man muss das ja heute schon dazusagen, schließlich sind wir schon ein gutes Stück vorangekommen im neuen Jahrhundert, nicht wahr? – lernte ich meinen Wilhelm kennen. Wilhelm war ein «von», genau genommen ein «von Morskötter». Was habe ich mir alles anhören müssen wegen des Namens, sage ich Ihnen! Am Telefon war es am schlimmsten. Damals war die Verbindung ja auch oft nicht so gut, dass man überhaupt was verstand. Da musste ich wer weiß wie oft buchstabieren, sonst wäre der Brief an «Hofköter» gegangen, oder der Doktor hätte das Rezept auf «von Mooskräuter» ausgestellt.

Da ist «Bergmann» ja einfacher. Aber man sucht sich den Gatten ja nicht nach dem Namen aus, jedenfalls eine Renate Bergmann nicht. Ich bin ja nicht die Zsa Zsa Gabor von Spandau, die einen falschen Prinzen heiratet, nur weil sie eine «von» sein will. Nee, ich verguckte mich in den Wilhelm, weil er stattlich, fesch und vor allem jung war. Seine Augen waren blau, so dunkelblau wie das Meer an einem wolkigen Tag. Herrje, ich bin ganz ehrlich, nachdem mein Otto unter der Erde war, wollte ich doch auch mal einen Kerl, der noch allein die Schuhe zukriegt! Bei Otto hatte ich nicht groß die Wahl, wissen Se, ich musste nehmen, was der Krieg uns an Männern gelassen hatte. Ich war 19 und noch immer unschuldig, wenn Se verstehen, was ich meine, und unverheiratet sein, das war ja ein Makel in der damaligen Zeit. Da konnte ich nicht warten, bis die Jahrgänge, die im Krieg nicht eingezogen worden waren, endlich volljährig wurden. Also sagte ich «JA» zu Otto, der mit seinen knappen 60 noch das Beste war, was der Heiratsmarkt zu bieten hatte, als ich das erste Mal vor den Altar trat.

Bei Wilhelm, 10 Jahre später, war ja alles ganz anders. Er war jung und feurig und … also, wie soll ich das jetzt sagen … ich verstand erst bei Wilhelm, dass man es auch öfter als einmal im

Monat … Sie wissen schon. Ich will da auch gar nicht näher darauf eingehen, das gehört nicht hierher. Eine Renate Bergmann ist schließlich eine Dame.

Nach ein paar Monaten war die Zeit ran, Wilhelms Eltern kennenzulernen. Na, das war was, sage ich Ihnen! Der Vater lebte schon nicht mehr, nur noch seine Mutter. Mutter von Morskötter – so sollte, musste, durfte ich sie nennen – war eine verbi… sehr strenge alte Dame, die in einer heruntergekommenen Villa in Berlin-Pankow lebte. Seinerzeit kam ja alles, was die Volkswirtschaft hergab, dem Aufbau des Sozialismus zugute. Für die baufällige Villa einer alten Adligen war da kein Sack Zement und kein Eimer Farbe übrig. Mutter von Morskötter trug immer schwarz. Ich habe sie nie anders gesehen. Erst, als sie starb, erfuhr ich überhaupt ihren vollen Vornamen: «Zina-Ida Sophie». Sei es drum, so hätte ich sie sowieso nie nennen können. Dafür hatte sie zu viel … Grandezza. Wilhelm durfte sie duzen, immerhin. Trotzdem kam ich mir vor wie Sissi, die in der Hofburg von Erzherzogin Sophie unter die Fittiche genommen wird, als ich Wilhelms Mutter zum ersten Mal traf.

Dabei hatte Mutter von Morskötter im Grunde nichts über den Krieg, der ja damals auch schon gute 20 Jahre her war, gebracht, als ihren Sohn und ihren vornehm klingenden Namen. Den Sohn wollte ich ihr nun auch noch wegnehmen! Da können Se sich die Stimmungslage der Dame ja ungefähr ausmalen und sich vorstellen, wie sie zu mir stand. Sie war so kaltherzig, dass fast die Luft erfror, als sie mich in der Halle begrüßte. Bei einer Villa sagt man Halle, nicht Flur. Es war im Grunde so, dass das Haus aus einem riesigen Flur bestand, von dem aus zwei Wendeltreppen nach oben führten. Da waren die Wohn- und Schlafräume. Unten war nur Halle und Küche, da wurde gar nicht geheizt. In den Räumen war es wohl noch kälter als im Herzen von Mutter von Morskötter.

«Frau Winkler. Willkommen.» Frau Winkler, das war ich. So hieß ich als junge Witwe von meinem Otto selig damals.

Das war dann auch für Jahre alles, was sie überhaupt zu mir sprach. Sie konversierte grundsätzlich nur mit Wilhelm und ließ mich ihre Verachtung spüren, indem sie mich wie Luft behandelte. Sie kam nicht zu unserer Hochzeit und ließ sich auch nicht blicken, als unsere kleine Kirsten auf der Welt war. Lediglich zu Wilhelms Geburtstagen schickte sie Telegramme – wenn es ein runder war.

Die Dame war so kalt, dass ich behaupten würde, sie haben die Eisheilige «Kalte Sophie» nach ihr benannt. Wobei. Die heißt ja wohl schon immer so. Vielleicht haben sie auch einfach in die Wiege geguckt und sie nach dem Wettertag benannt, verstehen könnte man es.

Sie hatte ja nie gearbeitet, wissen Se, als olle Baronin, da tat man so was nicht. Was hätte sie auch arbeiten sollen? Vielleicht im Konsum, hinter der Kasse? Ich bitte Sie. Erspartes in dem Sinne hatte sie, soviel ich wusste, nicht mehr, jedenfalls laut Wilhelm. Also nichts unterm Kopfkissen, in der Kassette oder auf dem Sparbuch. Sie besaß nur etwas Schmuck und Familiensilber, das sie nach und nach bei einem Antiquitätenhändler versetzte. Vom Erlös versuchte sie so lange wie möglich über die Runden zu kommen. Deshalb hatte sie über die Jahre eine Sparsamkeit ausgebildet, die inzwischen Geiz war. Sie heizte kaum, sondern trug einfach drei – selbstverständlich schwarze – Strickjacken übereinander. Kohlen legte sie nur so viele an, dass die Glut schon am frühen Abend verglimmte. Sie ging dann schlafen und begrub sich sozusagen unter einem Berg von Federbetten. Ab und an verdiente sie sich was mit Kanaster und Bridge dazu, da war se gut drin und schummelte auch kaum. Nicht schlimmer jedenfalls als meine Freundin Ilse, sage ich Ihnen. Ilse hat letzthin beim Rommé sogar dem Nachbarsjungen seine 2 Euro Wochentaschengeld abgenommen, denken Se sich das nur. Einem KIND! Da isse kalt wie eine Hundeschnauze, meine Ilse. Na, und die olle Zina-Ida Sophie nahm die fein tuenden Damen, die in ihrem Bridge-Kreis mit ihr spielten, regelmäßig aus. Als keine mehr mit ihr Karten kloppen wollte, ließ sie sich hin und wieder als Gräfin mieten und schmückte die Hochzeiten oder sonstigen Familienfeiern von Leuten, die gerne was darstellen wollten und ihr dafür ein paar Mark bezahlten. Für ihre Anwesenheit. Da blühte sie regelrecht auf! Sie hatte extra ein langes Kleid, in dem sie die Gräfin gab. Sie ahnen ja nicht, wie vielen Menschen es ein paar Scheine wert war, dass eine angebliche entfernte Großtante, die eine Adelige ist, auf der Hochzeit der versammelten Verwandtschaft was vormachte und aufgelöst vor Rührung und was weiß ich noch alles herumsaß!

Bei diesen Gelegenheiten packte Mutter von Morskötter auch ordentlich von den Buffets in ihre mitgebrachten Dosen ein – und lebte wochenlang davon. Ich muss zugeben, dass im Grunde genommen sie mich auf die Idee gebracht hat, mit meiner Freundin Gertrud hin und wieder auf eine Beerdigung zu gehen und uns da … na, sagen wir, mal umzuschauen. Allerdings machen wir das nicht hauptsächlich wegen des Essens, sondern um einen Überblick zu behalten, welcher Pfarrer gut beerdigt, welches Bestattungshaus überteuert ist, welche Blumen in dieser Saison modern sind und welcher Partysörwiss den besten Butterkuchen macht. Und überhaupt, das tut hier ja auch nichts zur Sache! Es geht immerhin um Weihnachten.

Ich lernte Mutter von Morskötter eben als eine eiskalte Person kennen, und das lag nicht nur daran, dass sie aus Geiz nie heizte, sondern das auch ausstrahlte. Wenn man sie traf, lief einem ein Schauer über den Rücken. Sie hatte schneeweiße Haut, durch die man die Adern an Händen und Armen schimmern sehen konnte. Auf sie traf der Spruch «sie war von blauem Geblüt» wirklich zu!

Zeit ihres Lebens sprach sie von mir immer als «Renate, dieses dumme Ding. Die erste Frau meines Sohnes Wilhelm». Als wäre ich ein Ausrutscher, den Wilhelm auf seinem vorgezeichneten Weg in die höheren Adelskreise bald hinter sich lassen würde! Ich habe das nur über Dritte erfahren, Kontakt zu uns vermied die Dame ja.

Kirsten, immerhin ihre Enkeltochter, ignorierte sie einfach. Die existierte gar nicht für die! Sie hatte Wilhelm nach dem Kaiser benannt, so hoch gingen die Träume dieser hartherzigen ollen Baronin. Heute weiß ich: «Baronin» ist in Adelskreisen der niedrigste Stand. Meist wurden die Mätressen der Prinzen und Grafen zu Baroninnen ernannt, damit die Verbindung keinen Skandal heraufbeschwor, falls sie öffentlich wurde. Daran ist sie wohl verbittert. Ihren Stolz hat sie aber nie abgegeben.

Wissen Se, bei allem Streit und bösem – blauem! – Blut bin ich doch keine, die nachtragend ist. Es gibt immer einen Weg, wenn man aufeinander zugeht. Und auch, wenn der andere seinen Stolz nicht überwinden kann, um den ersten Schritt zu tun, bin ich die Letzte, die sich aus Prinzipienreiterei weigert, die Hand auszustrecken.

So war es auch Weihnachten '66. Kirsten war ein lebhaftes, gelehriges Mädchen, das im nächsten Sommer zur Schule kommen würde – und kannte ihre Großmutter nicht? Das wollte ich nicht länger zulassen. So wirkte ich auf Wilhelm ein, dass wir Mutter von Morskötter am ersten Feiertag besuchten. Er kümmerte sich darum und brachte sie dazu, uns zum Abendessen zu sich zu bitten. Genau genommen waren ihre Worte: «Dann kommt in Gottes Namen eben vorbei», aber Weihnachten ist das Fest der Liebe und der Großzügigkeit, und da gehört die Goldwaage, auf die man pingelig einzelne Worte legt, nicht auf den Tisch. So machten wir uns auf den Weg, frisch frisiert und mit einem kleinen Geschenk unterm Arm. Man geht ja nicht mit leeren Händen, nicht wahr? Und über Topflappen freut sich ja jeder!

Seit dem Antrittsbesuch bei meiner Schwiegermutter hatte sich nichts geändert. Die Halle war kalt und düster, man sah – und da übertreibe ich nicht! – seinen Atem vor dem Mund. Die frostige Morskötterin begrüßte Wilhelm herzlich, mich mit «Renate! Es muss Jahre her sein!», und Kirsten mit «Ah, das kleine Fräulein ist wohl die Kerstin?».

Wilhelm guckte mich flehend an, deshalb drehte ich nicht gleich auf den Hacken um. Immerhin waren wir schon mal da und hatten einen Anfang.

Schwiegermutter bat uns ins Esszimmer. Dort war ein bisschen geheizt, und sie hatte im zwölfarmigen Kronleuchter sogar drei Birnchen angedreht. Die anderen hingen lose in der Fassung, um Strom zu sparen. Während sie in der Küche mit dem Geschirr klapperte, erinnerte ich Kirsten noch mal an ihre Manieren und zischte ihr gerade «Die Ellenbogen gehören nicht auf den Tisch!» zu, als Mutter von Morskötter mit der Suppe zur Tür reinkam.

So ein karges Mahl hatte ich nicht mal, als ich im Reha-Heim aus Versehen die Schonkost bekam, weil Schwester Sabine mit dem Händi gespielt und geschludert hat. Es war eine klare Suppe mit sogar drei Fäden Fleisch drin, jawoll. Aber es waren so kleine Portionen, dass wirklich niemand davon hat satt werden können.

Schröders, die bei mir in Spandau wohnen, also, genau auf der anderen Seite vom Damm, die lassen sich ihr Mittagessen von einem Räderdienst liefern. Die teilen miteinander, was Alubüchse und Petrischälchen eben so hergeben. Die sehen auch schon ganz hager um die Wangen aus, also, lange geht das nicht mehr gut, wenn Se mich fragen. Einer von beiden geht bald ein. Ich koche meist so, dass was übrig bleibt. Ich habe eher Probleme damit, einen kleinen Topf Suppe zu kochen. Irgendwie wird es immer die Ration für eine ganze Kompanie, ich weiß auch nicht. Dann rufe ich Stefan an, der langt bei Hausmannskost gerne mal tüchtig zu. Nichts gegen Ariane, aber die kocht nur so modernes Zeug. Stefan ist jedenfalls immer dankbar, wenn er eine solide Hausfrauenmahlzeit hinter die Kiemen kriegt und sich nicht Arianes Experimente mit Wasserkefir und geraspelter Süßkartoffel auf den Teller tun muss. Und wenn Stefan mal nicht kann, weil die Arbeit gerade wieder Überstunden erfordert oder eines der Kinder Zicken macht, na, dann läute ich Gertrud an. Die hat immer Hunger.

Mutter von Morskötter jedenfalls hatte nicht das Problem, dass zu viel Essen da war. Es war eher so, dass sie – wie immer – für eine Person gekocht hatte und das Mahl durch vier teilte. Die «Suppe» war den Namen wirklich nicht wert, wissen Se, ich habe die Anführungsgänsezeichen mit Bedacht gesetzt. Es war lauwarmes Wasser. Ich hatte genau zwei kleine Nudeln, eine Erbse und zwei Stückchen Mohrrübe in meiner Portion. Obenauf schwamm einsam ein Fettauge, das die Größe eines Stecknadelkopfes hatte. Wilhelm hatte mehr Glück, der hatte einen der Fleischfäden erwischt.

Vom Plattenspieler plärrte derweil Weihnachtsmusik von Peter Schreier. Es kam kein bisschen Besinnlichkeit auf.

«Tee im tiefen Teller», flüsterte Wilhelm frech in die angespannte Stimmung hinein zu mir rüber, «ich habe Hunger! Wann gibt es denn was zu essen?» Ich zischte ihn an, still zu sein und die Suppe auszulöffeln. Mutter von Morskötter hatte zum Glück nichts gehört und zog den schweren Silberlöffel durch die Zähne. «Eine Suppe vorneweg stillt schon mal den Appetit», sprach sie. «Wärmt auch gut durch, nicht wahr?»

Da hatte se recht. Mir zitterten die Finger dermaßen, dass ich mit der dünnen Plörre fast noch kleckerte.

Beim «Hauptgang» jedoch wurde es mir zu bunt. Wissen Se, ich war noch nie eine, die duckmäusert. Aufeinander zuzugehen ist gut und schön, aber es hat auch alles seine Grenzen. Im Alter macht man sich zwar noch weniger Gedanken und sagt schneller und direkter, wenn was stört, aber ich war auch als jüngere Frau schon mutig mit dem Mund voran.

Nach zwei Gabelbissen war ich durch mit dem Hauptgang – ich bitte Sie, wie lange soll man sich denn mit einem Gulaschwürfel aufhalten, zumal ich seinerzeit noch eigene Zähne hatte? Das bisschen, was Schwiegermutter uns auf die Teller gab, hätte die Katz auf dem Schwanz weggetragen!

«Mutter, weißte was?», duzte ich sie aus Versehen und frech. «Mir ist das hier zu kalt. Es zieht wie Hecht, da kriege ich es an den Nieren. Dein Essen in allen Ehren, du hast dir bestimmt viel Mühe gemacht, aber davon werden wir nicht satt. Wir fahren jetzt zu uns. Du kommst mit, und wir machen uns einen schönen Weihnachtsabend.» Für einen quälend langen Moment war alles totenstill. Kirsten legte leise die Gabel auf die Seite, und Wilhelm traute sich nicht, weiterzukauen. Schwiegermutter guckte grimmig. Widerworte war sie nicht gewohnt. Wilhelm legte derweil ganz langsam das Messer auf die Messerbank. So, wie der guckte, rechnete er mit unserem Rausschmiss.

Aber Pustekuchen! Wissen Se, was sie sagte? «Du gefällst mir, Renate. Du hast das Herz auf dem rechten Fleck und sagst freiheraus, was du denkst. So eine wie dich braucht dieser Weichling!»

Das Wort «Weichling» zischte sie förmlich in Richtung Wilhelm.

Kurzum, wir fuhren dann mit der Elektrischen zu uns. Also, mit der Straßenbahn. Entschuldigen Se, das muss ich wohl dazusagen, wir nannten sie nur «die Elektrische», aber heute kennt das ja kaum noch einer. Ein Auto hatten wir nicht, das kam erst viel, viel später. Aber für 10 Pfennig fuhr man mit der Straßenbahn zügig und zugig – es zog tüchtig in den Dingern! – durch ganz Berlin. Na ja, eigentlich halb Berlin, denn seinerzeit stand die Mauer fest und scheinbar für ewig und zerhackte unsere schöne Stadt in zwei Hälften. Uns war nur die östliche geblieben, ohne Ku'damm und Funkturm, dafür mit Lustgarten und Gendarmenmarkt. In der Straßenbahn beäugten die Leute die alte Dame irritiert. Wenn eine olle Frau mit langem, schwarzem Rock und Hut mit Schleier wie aus einem Historienfilm in der modernen Tatra-Bahn fährt, kann man schon mal komisch gucken. Mutter von Morskötter guckte genauso: Es war offenbar das erste Mal, dass sie mit der Elektrischen unterwegs war.

Bei uns in Karlshorst – wir bewohnten dort drei Zimmer und hatten die Spültoilette schon innen! – wärmten wir uns erst mal auf. Der Kachelofen hatte die Glut schön gehalten, und Wilhelm legte erst ein paar Scheite Holz und dann vier Briketts an.

Wissen Se, in der molligen Umgebung taute Wilhelms Mutter recht schnell auf. Wir waren jetzt bei uns zu Hause, und da galten unsere Regeln: Es gab Kartoffelsalat mit Würstchen. Wir hatten tüchtig Hunger, die drei Gabelbissen bei ihr konnte man bestenfalls als Appetitanreger durchgehen lassen.

Kartoffelsalat mache ich Weihnachten nie selbst, den kriege ich seit Jahrzehnten von Gläsers. Das wird nie abgesprochen, sondern ergibt sich immer irgendwie. Und zwar kommt das so:

Kurt hat, damit er nichts anstellt und Ilse nicht vor den Füßen rumsteht, die Aufgabe, Kartoffeln zu schälen. Das macht er jeden Tag, auch schon früher als junger Mann. Wir wussten noch nicht mal, wie man Emanzipation schreibt, da hatte Ilse den Kurt schon zum Kartoffelnschälen abgerichtet. Er schält wegen der langen Übung bis heute sehr sauber und sparsam, da kann man nicht meckern. Ganz dünn, nicht so wie ein hektisches junges Ding, bei dem mehr Kartoffeln mit den Schalen weggeschmissen werden, als am Ende im Topf landen! Er schält sie immer auf ein Blatt Zeitung, wissen Se, das verrottet auf dem Komposthaufen zu bester Blumenerde. Jedes Auge sticht er mit dem kleinen schwarzen Schälmesser zielsicher raus. Im Kartoffelnschälen ist Kurt wirklich eine Kapazität. Da hat Ilse ihn gut angelernt. Früher, als Gläsers noch arbeiten gingen, war es am Wochenende seine Aufgabe, und nun als Rentner hat er jeden Vormittag Zeit, nicht wahr? Es ist erstaunlich, wie er das mit seinen neun Dioptrien macht. Na ja. Jedenfalls schält er nicht nur die Salzkartoffeln für alltags, sondern auch die Pellkartoffeln für den Heiligabend-Kartoffelsalat. Damit fangen Gläsers immer zwei Tage früher an. Schließlich muss der Salat gut durchziehen. Kurt kocht die Erdäpfel, und wenn sie vor der Hintertür abgekühlt sind, pellt er sie. Ilse schnippelt dazu Gürkchen, Ei, Zwiebel, Äpfel ... na, was eben so rankommt an Kartoffelsalat, nich wahr? Und sie macht selbstverständlich die Mayonnaise selbst, das schmeckt ja doch viel feiner, und man weiß, was man rangemacht hat. Wenn in der großen blau-weiß gestreiften Schüssel von Ilses gutem Service alles vermengt ist, geht es auch schon los mit den Zweifeln. Ilse legt die Stirn kraus und sagt: «Kurt, das sieht knapp aus ... wir schnippeln lieber noch ein paar Kartoffeln dazu. Oder was meinst du?» Kurt hat nach über 60 Jahren Ehe gelernt, dass er gar nichts zu meinen hat, setzt den Topf auf, pellt bald darauf die nachgekochten Kartoffeln und schnippelt sie brav in Scheiben. Ilse rührt derweil die nächste Runde Mayonnaise an, kocht zwei Eier und hackt Gürkchen, Zwiebel und Äpfel klein. Das wiederholt sie dann alle paar Stunden, den ganzen Tag vor Heiligabend: Immer wenn Ilse umrührt und abschmeckt, findet sie, dass es in der Schüssel so wenig aussieht. Am 24. vormittags ist meist der Punkt erreicht, wo Kurt auf den Dachboden hoch muss, um die Babywanne zu holen. Im Grunde haben Gläsers den Zuber nur deshalb noch auf dem Speicher stehen, weil die Kartoffelsalatproduktion jedes Jahr ausartet. Ihre Kinder und Enkel sind ja schon lange aus dem Gröbsten raus. In der riesigen Wanne sieht der angerührte Salat in Ilses Augen dann wieder «irgendwie knapp» aus, aber da setzt Kurt dem Treiben ein Ende. «Dett warn jetzt 18 Pfund Kartoffeln, Ilse. *18 Pfund*. Erzähl mir doch nich, dett wir beede Hansels davon nicht satt werden!» Ilse wirft meist ein, dass der Salat ja auch am zweiten Feiertag noch gegessen wird, dass die Kinder vielleicht vorbeikommen und dass der richtig durchgezogen erst wirklich schmeckt, aber wissen Se, dann geht es ja auch los mit dem Baumschmücken und dem Haareaufdrehen und so isse erst mal abgelenkt. Spätestens wenn sie abends Salat in die Servierschüssel für die Festtafel abfüllt – immer eine Stunde vor dem Essen, damit er nicht zu kalt ist, sonst steht er einem so vor dem Magen – schlägt ihre Meinung um. «Wir haben viel zu viel Kartoffelsalat. Kurt, wer soll den denn alles essen?» Sie kann das prima so drehen, dass der arme Kurt so dasteht, als wäre er schuld am Dilemma. Wenn sie mich dann anruft – wir telefonieren jeden Morgen, wissen

Se, schon, falls mal was ist –, heißt es: «Renate, wir kommen nachher noch rum und bringen dir Kartoffelsalat. Kurt hat wieder viel zu viele Kartoffeln geschält.»

Ja, der Mann hat es nicht leicht. Kartoffelsalat kann man ja auch nicht einfrieren! Der muss zwar durchziehen, aber doch beizeiten aufgegessen werden. Schon wegen der selbstgemachten Mayonnaise mit frischen Eiern und ohne Schemie. In Ilses Mayonnaise ist nur ein «E», und das steht ganz am Ende des Wortes. Gucken Se mal auf die Gläser in der Kaufhalle! Da sind ganz viele E drin: E261, E387, E221 …

Deshalb mache ich keinen Kartoffelsalat an Weihnachten. Habe ich noch nie! Ich kenne Gläsers und ihre Spielchen doch. Ilses Salat ist vom Allerfeinsten, und ich spare mir eine Menge Arbeit. Am zweiten Feiertag habe ich mittags immer die große Runde am Tisch, und wenn zum Abend hin alle mit ihren Tupperbüchsen unterm Arm wieder von dannen ziehen – außer Kirsten, die bleibt ja meist bis zwischen den Jahren –, bin ich auch froh, wenn ich durchlüften und den Fernsehsessel wieder auf seinen Platz schieben kann. Dann muss es mit dem Abendbrot schnell gehen, schließlich kommt nach der Tagesschau das Traumschiff, nich wahr? DAS lasse ich mir nicht entgehen! Traumschiff ist genau das Richtige für so einen anstrengenden Weihnachtstag: Man muss nicht so genau aufpassen und kann am Ende mitklatschen, wenn die Eistorten reingetragen werden. Das ist doch prima! Ich habe mich so gefreut, als der Herr Silberlöffel dort als Kapitän angenommen wurde. Und ja, ich gebe es hier und jetzt zu, dass ich auch ein Tränchen verdrückt habe, fürwahr. Ach, hoffentlich bleibe ich gesund, das will ich doch noch sehen und miterleben und mit dem Mann alle Erdteile im Fernsehen abfahren!

Na ja, aber wo war ich? Ach ja. Weihnachten '66 mit dem eisherzigen Sopherl: Hätte ich gewusst, dass wir letztlich zum Essen bei uns landen, hätte ich doch eine «Häppchenplatte Senator» im «Goldenen Hirschen» bestellt! Aber die spontanen Feste sind ja oft die besten, und so wurde es auch mit Kartoffelsalat und Bockwurst sehr gemütlich. Ich hatte uns besagten Salat aufgetan und Würstchen warm gemacht. Wilhelm durfte die Bockwurst mit den Fingern anfassen, auch wenn der guten Schwiegermutter fast die Augen rausfielen und sie sichtlich mit sich rang, ob sie was sagen sollte oder nicht. Aber sie verkniff es sich und schlang ihre zweite Bockwurst runter, natürlich formvollendet mit gutem Silber und abgespreiztem kleinem Finger an der rechten Hand. Sie sah wohl meinen Blick, als sie sich noch eine Bockwurst auf den Teller tat. Aber sie parierte ehrlich: «Renate, alles, was wir in unsere letzte Liegestatt mitnehmen können, ist ein voller Magen!» Nach dem Essen räumte ich gleich ab und zählte in der Küche nach, wissen Se, so, wie die alles bewunderte, traute ich der alles zu.

Nach ein paar Stunden wurde Mutter regelrecht zutraulich. Da war keine Zurückhaltung mehr zu spüren. Wir hatten einen schönen Weihnachtsabend miteinander, nee, da kann man nichts sagen. Mutter ließ sich von Kirsten Gedichte aufsagen und sang dann mit dünner, feiner Stimme sogar ein französisches Weihnachtslied, das sie von ihrem Hauslehrer beigebracht bekommen hatte. Wir haben nicht viele Andenken an sie, aber jedes Weihnachten singt Kirsten dieses Lied, und so ersteht Mutter von Morskötter irgendwie wieder auf.

Im Grunde tat sie mir damals leid: kein Geld, nicht satt zu essen, sondern nur einen Haufen schwarzer Spitze und einen guten Namen. Ich wollte diskret helfen – immerhin war ja Weihnachten! – und bot an, ihr Salat und Würstchen mitzugeben. Es war ja reichlich von allem da.

Wissen Se, damals gab es ja so was wie Tupperbüchsen bei uns noch nicht. Wir haben Margarinebecher ausgewaschen und darin die Reste eingefroren. Bei uns kam lange Jahre Margarine aufs Brot. Nicht, weil wir uns Butter nicht hätten leisten können oder weil die Doktors seinerzeit schon gemeckert hätten wegen Scholesterin (so was kannte man da auch noch nicht! Und ich sage es freiheraus: Man muss das Scholesterin ja nicht mitessen. Ich mache bei Gans auch oft die Pelle ab), sondern weil ich die Büchsen brauchte. Butter gab es nur sonntags und dann, wenn an das Mittagessen ein Fingerbreit dranmusste. Da können Se keine Margarine nehmen. Butter hat ja doch einen feineren Geschmack. Aber hauptsächlich gab es Margarine. Man hat sich ganz automatisch gesund ernährt, sage ich Ihnen, schon um an die Becher zum Einfrieren zu kommen. Wilhelm zog immer eine Schnute und brachte die Stullen von der Arbeit wieder mit zurück. Er schimpfte: «Damit kannst du Türen einschmieren, wenn sie quietschen, aber essen tue ich das Zeug nicht!» Mich hat das nicht gekümmert, mein sparsames Hausfrauenherz freute das immer, wenn er seine Schnitten wieder mit nach

Hause brachte. Was gibt es Leckereres (sind da jetzt zu viel oder zu wenig re re re in dem Wort? Entschuldigen Se, ich zähle noch mal nach … doch, «Leckereres» ist richtig, und es muss auch groß!) als Hasenstullen?! «Hasenstullen», haben wir immer gesagt. Kennen Se? Ach, Hasenstullen schmecken prima! Von anderen geschmierte Schnitten munden immer besser. Es gibt ja auch Leute, denen schmeckt es von fremden Tellern am besten. Kennen Se das auch? Man sitzt in der Gaststätte, und die Begleitung liest erst Ewigkeiten die Speisekarte und kann sich nicht entscheiden. Nachdem der Kellner das zweite Mal da war, bestellt se einen Sprudel und sagt, dass sie keinen Hunger hat. Wenn man selbst dann seinen Teller – ich nehme meist Hühnchen, das ist in der Regel zart, und man kaut sich nicht so fest wie mit Schnitzel, wissen Se, da kann man Pech haben! Und wer will schon nach der halben Mahlzeit auf die Toilette verschwinden und mit Haftcreme erst mal alles neu verleimen? Ne, da nehme ich Hähnchen, das kriegen se meist zart hin – vor sich hat, fingert die Begleitung mit einer Gabel im Essen rum und will «nur mal von der Soße kosten» oder «ein Stäbchen Pommies probieren, die lachen mich so an». So was kann ich ja gar nicht leiden! Ich will keine Namen nennen, weil das nur wieder alte Wunden aufwühlt, aber Ariane ist auch so eine. Huch, jetzt ist es rausgerutscht. Ich hatte sie zweimal gewarnt, aber als sie wieder – noch kauend! – an meinen Blumenkohl ging, habe ich zugestochen. Mit der Gabel! Wir haben ihr Jod draufgemacht und einen schönen Verband, da blieb nichts zurück.

Aber wo war ich? Herrje, wenn ich anfange zu erzählen, komme ich immer vom Höppchen zum Stöckchen. Ariane, Pommies von fremden Tellern, Stullen, Margarine … Wilhelm … ach, die Margarinedosen! Die haben wir zum Einfrieren genommen, das war der Punkt.

Mutter Sophie – nach dem zweiten Eierlikör war sie so weit durchblutet, dass offenbar mal wieder ein bisschen Wärme bis zum Herzen vordrang und sie mir anbot, sie «Mutter Sophie» zu nennen – winkte mir jedoch mit neuentdeckter Schwiegermutterfreundlichkeit und einer schicken, stabilen Plastikdose zu, die sie aus ihrer Handtasche zauberte. Fragen Se mich nicht, wo sie die herhatte, vielleicht aus einem Westpaket? Ich war sehr neidisch. Wissen Se, damals schüttelte ich noch den Kopf darüber, dass sie so was dabeihatte, aber heute sehe ich das auch anders. Ja, im Alter denkt man praktisch. Wenn man sich wegen der Schnürsenkel bückt, guckt man gleich mit, ob unterm Schrank nicht mal gewischt werden muss, und beim Gang zum Briefkasten nimmt man den Müll mit raus. «Niemals mit leeren Händen laufen», das hat Oma Strelemann schon immer gesagt. Wenn sie auf das Häuschen mit dem Balken ging – wir hatten die Toilette ja noch auf dem Hof –, nahm sie immer auch gleich Küchenabfälle für den Misthaufen mit. Na ja, und heute erinnere ich mich selbst auf Beerdigungen oder anderen Feierlichkeiten an den praktischen Nutzen der schönen Dose von Mutter Sophie.

Wir hatten alles in allem noch einen besinnlichen Weihnachtsabend mit ihr, auch wenn man insgesamt sagen muss, dass Kirsten und sie sich nicht wirklich mochten. Kirsten spielte ihr auf der Blockflöte alle Weihnachtslieder vor, die sie in ihrer Kindergartentruppe gelernt hatte, und Mutter Sophie musste raten, welches es war. Das Kind war nicht wirklich begabt, und jedes Lied klang wie «Fuchs, du hast die Gans gestohlen», aber Mutter gab sich auch nicht richtig Mühe und nannte alle möglichen Schlager von Rudi Schuricke. Kirsten weinte nach ein paar Minuten, und es war aus mit den beiden, als sie der Oma mit dem Instrument eins über das Knie zog. Ich griff da nicht ein. Man muss die Dinge als Mutter auch einfach mal laufenlassen, nicht wahr? Immerhin war finito mit dem Geflöte, und ihr Weinen verstummte auch, als ich den Nachtisch – feine Zitronenspeise, da leckt sich das Mädel heute noch alle Finger nach, obwohl Eier dran sind und kein wegan! – aus der Küche holte.

Als im nächsten März die Frage aufkam, was wir an Weihnachten machen und Wilhelm und ich uns schnell einig waren, dass wir wohl schon aus Anstand wieder mit Mutter Sophie feiern müssten, wurde Kirsten fuchsteufelswild. Die Flöte hatte Wilhelm da zwar schon im Kachelofen verheizt, aber sie mochte die Oma einfach nicht.

Aber dazu kam es dann sowieso nicht, denn im Mai – genau am 15., am Tag der «Eisigen Sophie» – starb Mutter von Morskötter. Das kann doch kein Zufall sein, das kann mir doch keiner erzählen. Da hat sich der da oben doch was dabei gedacht! Ich bitte Sie!

Wilhelm als ihr Sohn und einziger Erbe wurde von ihrem «Testamentsvollstrecker», dem alten Anwalt Kreitling-Schlangenthal, einbestellt. In der Vorladung stand «Wilhelm von Morskötter nebst Gattin». Das war ich. Also bin ich mit. Damals war das ja alles noch neu für mich, denn bis auf Otto, meinen ersten Mann, und Oma und Opa Strelemann hatte ich da noch niemanden begraben. Und die machten nicht so ein Gedöns mit Anwalt und Testament, obwohl sie mehr auf der Tasche hatten als Wilhelms Mutter. Sie hatte auf Büttenpapier und in Sütterlin verfügt, dass sie in der muffigen Familiengruft beigesetzt werden sollte. Die Gruft war ein wirklich gruseliger Ort, aber bitte, wenn sie das so wollte? Wer waren wir denn, dass wir einer alten Dame den letzten Willen verweigerten. Sie ordnete an, dass Wilhelm sich um alles kümmern sollte und dass er das Haus kriegt. Mir vermachte sie ihre Hamsterbüchse, in der ein kleiner, handgeschriebener Zettel lag. «Renate, du bist eine Gute. Deine Sophie.»

Da huschte mir – bei aller gebotenen Trauer und Pietät – doch ein Lächeln über die Mundwinkel. War das nicht nett von ihr? Ich trage Mutter Sophie in Gedanken immer bei mir. So kaltherzig, wie das Leben sie gemacht hatte, war sie im Grunde gar nicht. Sie lebte so lange in längst vergangenen Zeiten, bis sie zu alt war, sich zu ändern. Das machte sie so bitter. Daraus habe ich gelernt. Wissen Se, man braucht ja nicht nur Vorbilder, sondern auch mahnende Beispiele, an denen man sich orientiert. Ich möchte auf jeden Fall in warme Hände geben. Alles andere macht doch keinen Spaß.

Sonst war nichts von Wert da, sie hatte wirklich alles verhüstert, was sie einst besaß – Geld, Schmuck und Antiquitäten. Wilhelm blieb nur das Haus. Damals waren wir froh, dass jemand die eisige und baufällige Hütte kaufte – «für einen Appel und ein Ei», wie man sagt. Von heute aus beguckt war das natürlich ein Fehler. Allein das Grundstück wäre jetzt unbezahlbar, und eine historische Villa – selbst wenn der Putz von den Wänden bröckelte und es bei jeder Regenhusche durchtropfte – wäre doch ein Vermögen wert! Der Park war, zugegeben, verwildert und glich mehr einem Tannendickicht. Mutter Sophie hatte ein besonderes Verhältnis zum Garten, es beschränkte sich darauf, ab und an vom Fenster aus zu gucken, ob er noch da war. Trotzdem, mit ein bisschen Arbeit hätte man den wieder in Schuss gekriegt! Aber was nützt es, sich zu ärgern und den alten Zeiten nachzuhängen? Um Fehler, die man gemacht hat, zu weinen? Nichts! Finge ich erst damit an, würde ich eine eisige Gräfin werden wie Mutter von Morskötter.

Ich denke oft an sie. Nicht nur an Weihnachten, wenn Kirsten das französische Weihnachtslied zur Melodie von «Fuchs, du hast die Gans gestohlen» singt, nein, auch an den Eisheiligen – immer am 15. Mai.

Ich habe Ihnen ja schon dann und wann erzählt, dass ich mit meiner Freundin Gertrud, wenn nichts groß auf dem Programm steht, gerne mal zu einer Beerdigung gehe, auch wenn wir den Verblichenen nicht kannten. Man ist unter Leuten, bleibt auf dem Laufenden, welcher Trauerredner was taugt, und ein paar Stückchen Kuchen kommen dabei auch immer rum. Wann immer ich meine Tupperbüchse da auspacke, muss ich an Mutter Sophie denken. Die Dose, die sie mir damals vermacht hat, ist natürlich nicht mehr in Betrieb, neee, darin sammle ich nur noch die Klipse für Gefrierbeutel. Für die Beerdigungen habe ich jetzt ein dezentes Modell in Anthrazit.

Jetzt habe ich Gertrud erwähnt ... haben Se noch einen Moment, bis wir mit Weihnachten weitermachen? Wissen Se, es liegt mir auf der Seele, ich muss das mal loswerden:

Gertrud hat jetzt wieder Ärger mit ihrem Hund.

Also, es kam so: Als wir letzthin beim Tanztee waren, wurde es ein bisschen später. Kurt hat nämlich den Weg wieder nicht ... aber er und die Navifrau – das wäre ein eigenes, abendfüllendes Thema. Normalerweise ist jedenfalls beim Tanz immer um acht Schluss. Das ist für uns Alte lange genug. «Wer bis dahin noch keinen Kerl abgekriegt hat, der findet auch keinen mehr. Die Pflegefälle, die dann noch übrig sind, will ich nicht», sagt Gertrud zu dem Thema, und deshalb machen wir um die Zeit meist auch los. Als Kurt die Gertrud nach ein bisschen Suchen gegen halb elf zu Hause abgesetzt hatte, war Norbert, was ihr Doberschnauzer ist, schon ganz vorwurfsvoll am Kläffen. So ein Tier hat schließlich auch Gefühle, und er wollte nun wohl seine Aufmerksamkeit. Er machte so ein fürchterliches Tammtamm, dass Gertrud gleich die Leine genommen hat und mit ihm Gassi gegangen ist. Sie hatte wohl Angst, dass er sonst einen Bach mitten in den Flur macht. MITTEN IN DER NACHT ist sie also raus mit ihm. Das hat ihm gefallen! Seither steht er jede Nacht mit der Leine in der Schnauze bei Gertrud vorm Bett und bellt sie wach. Er macht so lange Betrieb, bis sie sich den Mantel über das Nachthemd wirft und eine kleine Runde mit ihm geht. Sie sagt, er macht nicht nur Pischipischi, er macht sogar groß! Sie ist ganz verzweifelt und hat schon alles versucht; sie hat ihm mittags Backpflaumen gegeben, damit er sein Geschäft noch tagsüber … aber es nützt alles nichts. Er hält es eisern zurück, und des Nachts kläfft er vor Gertruds Bett und will raus. Das muss dann auch sein. Wer will schon die Sauerei in der Wohnung? Gertrud ist fix und fertig, sie sagt, ihre Tochter hatte sie mit vier Monaten schon so erzogen, dass sie durchschlief, aber der Hund bringt sie noch an den Rand der Verzweiflung. Da heißt es immer «Hunde haben Herrchen, Katzen haben Personal», aber ich sage Ihnen, auf Gertrud und Norbert passt das Sprichwort nicht. Mein Katerle ist so genügsam, er und ich, wir leben friedlich nebeneinanderher wie ein altes Ehepaar. So was macht der mit mir nicht! Ich finde das auch gefährlich, nachts durch die Straßen zu spazieren, Hundebegleitung hin oder her. Erst recht, wo Gertrud jetzt diese schwarzen Strähnchen in ihr schönes weißes Haar hat machen lassen. Die muss froh sein, dass auf Dachse nicht geschossen werden darf, aber bei schlechtem Büchsenlicht? Wer will da schon die Hand ans Feuer legen!?

Ins. Ins Feuer.

Immerhin hat es auch sein Gutes: Gertrud hat sich dadurch auch mit dem Ewald Bottich angefreundet, der seine Rente als Wachmann bei der Sicherheitsfirma aufbessert, und ihn überredet, dass er auch mal an unseren Häusern vorbei Streife läuft. Das gibt einem ja doch ein sichereres Gefühl, wo doch so viel passiert!

Aber ich will Ihnen ja Weihnachtsgeschichten berichten und nicht von Gertrud und Norbert. Lassen Se mich also weitererzählen:

Die Berber schreit rum,
weil ich Marika Rökk so laut höre.
So eine Banausin.
Die hat eben kein Paprika im Blut,
sondern Dönersoße.

Staaken / Erzgebirge, 1973

Die Geschichte, die ich Ihnen jetzt erzählen will, spielt 1973. Da war ich eine junge, gramerfüllte, zweifache Witwe. Wilhelm war sechs Jahre zuvor gestorben, und Franz, mein dritter Mann, war noch nicht in Sicht. Ja, und dass die Mauer einmal fallen, Walter in mein Leben treten und ich nach Spandau ziehen würde, du meine Güte, daran habe ich beim besten Willen nicht gedacht!

Damals hieß ich noch Renate von Morskötter. Wilhelm war nämlich alter Adel, verarmt zwar, aber immerhin Adel – wenn Sie aufgepasst haben, wissen Se das schon. Meine Tochter Kirsten heißt bis heute nach ihm. Mit dem Heiraten hat sie es nicht so, sie sagt immer «Mama, du hast viermal ‹Ja› gesagt, das reicht für uns beide». Ich werde ja sehr oft gefragt: «Frau Bergmann, wollen Se nicht noch mal heiraten?» Nee. Ich sage Ihnen ganz offen: Nee. Lieber eine Topfpflanze als noch mal einen Mann! Die gibt keine Widerworte, und es stellt auch keiner dumme Fragen, wenn sie eingeht. Aber was wollte ich jetzt eigentlich …? Meine Tochter, ja!

Kirsten hatte seinerzeit gerade Pubertät. Jeder, der ein Kind schon mal durch diese Phase begleitet hat, weiß: Das sind die schlimmsten Jahre. Da zeigt sich, ob die Saat aufgeht und ob die Erziehung, die man dem jungen Erdenbewohner hat zukommen lassen, auch gefruchtet hat oder ob alles vergebens war. Wobei, wenn ich es recht überlege – Kirsten ist im Grunde genommen in einem schwierigen Alter, seit sie ein quengeliges Baby war. Sie ist es bis heute. Meine Tochter ist … ein bisschen speziell. Sicher, sie hat erst was Ordentliches gelernt, sie wurde Krankenschwester. Sie interessierte sich aber schon immer für allen möglichen Humbug und spielte nicht mit anderen Kindern, sondern trieb sich bei der alten Witwe Schoppenschenker rum, die im Forsthaus am Waldrand lebte und Warzen besprach. Kirsten hatte da schon nicht alle Platten an am Herd.

Sie wissen schon. Herrje, wie sagt man denn noch: Ihre Schaukel stand zu nah an der Wand. Nein, ich bin keine schlechte Mutter, wenn ich das so schreibe. Ich sehe nur den Tatsachen ins Auge und rede nicht drum rum: Wenn eine Frau mit Eichhörnchen meditiert und Seminare wie «Klangschalenrumba für Katzen» gibt, dann … entspricht sie nicht der Norm. Punkt, aus, das darf man nicht schönreden. Aber sie verdient ihren Lebensunterhalt mit diesem Blödsinn, liegt niemandem auf der Tasche und ist und bleibt meine Tochter. Letztendlich tröste ich mich immer damit, dass ich mir sage: «Die Leute, die dafür Geld bezahlen, haben noch eine Platte weniger an am Herd!», und so geht es wieder. Unser Kontakt beschränkt sich hauptsächlich darauf, dass sie mir I-Mehl schickt mit Turntipps, die man bei Vollmond machen soll, und wegane Rezepte. Allerdings glaube ich nicht, dass der Onlein erfunden wurde, damit wir uns gegenseitig Kochanleitungen für Kompost schicken. Kirsten isst nämlich kein Fleisch. Nicht mal Hühnchen! Meine Tochter sagt immer, sie kann Tofu so braten, dass es wie Fleisch schmeckt. Ja, na und? Ich kann Fleisch so braten, dass es wie Tofu schmeckt! Neulich hat mir das Mädelchen sogar mal selbstgemachte Marmelade geschickt.

So, wie Kirsten kocht, ist es besser, dass sie nie geheiratet hat. Sie wäre schon öfter Witwe als ich.

Wie auch immer: Als mir das mit den Sprossenrezepten zu viel wurde, habe ich ihr die Nachrichten von «Metzgerei Schweineschnäuzchen» abonniert, das gab zwei, drei böse Telefonate mit ihr, aber dann war Ruhe.

Das mit dem Händi trauen mir die meisten Leute nicht zu. Wenn die eine olle Frau mit weißen Locken und Rollator sehen, denken die, die guckt nur Volksmusik und isst Frankfurter Kranz. Das auch, jawoll! Aber ich habe eben auch ein Händi. So ein modernes Wischgerät ohne Wählscheibe und Tasten, das ist eine feine Sache und gar nicht schwierig. Da habe ich den Fäßbock drauf, das Wetter, die Angebote vom Rewe und den Fahrplan vom Bus. Sehr praktisch.

Anno '73, in dem Jahr, von dem ich Ihnen erzählen will, hatten wir noch keine Händis. Wir hatten da überhaupt kein Telefon zu Hause, und das, obwohl ich Reichsbahnerin war und eigentlich immer hätte erreichbar sein müssen. Meist haben sie den Nachbarn, den Richard Lehmann, antelefoniert, wenn kurzfristig was war. Wir wohnten im Grunde sehr schön, nur gab es eine

Ofenheizung und die Toilette auf halber Treppe, die wir uns mit Lehmanns teilten – das war nicht so schön. Dabei hatte sogar jede Familie eine eigene Toilettenbrille. Die hing im Wohnungsflur an der Garderobe, und wenn man austreten musste, stieg man die Stufen runter und nahm die Brille mit. Unsere Brille war sogar mit Stoff bezogen. Meine Freundin Ilse hatte das genäht, wissen Se, es war zwar schon Spültoilette und drinnen im Haus, aber geheizt war da nicht. Zum Glück waren Lehmanns saubere Leute, mit denen kam man gut aus. Sie hatten als Einzige Telefon im Haus. Ach, das waren nicht die schlechtesten Zeiten, als man nicht ständig und immer anläutbar war, sage ich Ihnen! Im Grunde war ich immer – und bin es bis heute – eine pflichtbewusste Person und zur Stelle, wenn Not an Mann oder auch Frau war, aber ich war eben allein mit Kirsten. Wilhelm, Kirstens Vater, war schon jahrelang tot, und Franz, mein dritter Mann, trat eben erst auf der Brigadefahrt 1976 in mein Leben. Ich hatte mich gutgestellt mit der Scheffin, die den Dienstplan machte. Sie nahm viel Rücksicht auf mich und die Situation mit dem Kind. Heute sagt man ja wohl «alleinerziehend», und es ist ganz normal, dass sich der Vater aus dem Staub macht. Zur damaligen Zeit war es noch verpönt, keinen Mann zu haben, vollkommen egal, warum. Wilhelm hatte sich aber ja nun nicht aus dem Staub gemacht, er ist zu Staub zerfallen. Kein Mann hat mich je verlassen, außer er musste. Was ich an Abgang hatte, kam direkt auf die Friedhöfe. In den Köppen der Leute war es in den 70ern jedoch normal, verheiratet zu sein, und deshalb waren alle Freunde, Nachbarn und Bekannten ständig bemüht, diesen Zustand bei mir wiederherzustellen. Was meinen Se, mit wem ich alles tanzen musste! Dem Himmel sei Dank konnte ich mich als zweifache Witwe immer noch auf meine Trauer um die Verschiedenen berufen und die Avancen so zurückweisen, aber tanzen musste ich doch. Selbst mit dem trotteligen Willy Grubbert. Der war Schmied und hatte sich beim Waffeputzen den Fuß durchschossen. Er konnte nur auf der Stelle und gegen den Uhrzeigersinn tanzen, ich sage Ihnen, es war kein Spaß. Da hatte ich mal ein Näschen: Später haben sie ihn nämlich wegen Wilderei drangekriegt. Ein Mann, der beim Tanzen hinkt und dazu noch vorbestraft ist, ich bitte Sie, das ist nun wirklich kein Umgang für mich. Ja, beim Willy hat mein Instinkt mich noch vor einem Fehler bewahrt, beim Franz ein paar Jahre später dann leider nicht mehr. Der war ein

Fehlgriff, aber was nützt es, um vergossenen Wein zu jammern?

Auch in diesem Winter 1973 hatte mich Inge, meine Scheffin, nicht für Weihnachtsdienst eingeplant. Damals zählte es noch was, wenn man Kinder hatte. Wir kriegten sogar noch einen zusätzlichen Tag frei, an dem wir uns mal in Ruhe um … alles kümmern konnten. «Haushaltstag» hieß das. Bezahlt und zusätzlich zum Urlaub, denken Se sich das mal! Kinder waren die Zukunft unserer Gesellschaft. Das sind sie heute auch noch, aber wissen Se, manchmal gucke ich mir die unverschämten Bälger in zerrissenen Hosen an und denke: «Sei froh, dass du diese Zukunft nicht mehr mitkriegst, Renate.» Heute, im Alter, mache ich FDH: Friedhof, Doktor, Haushalt. Hihi. Apropos Haushalt: An diesem Weihnachtsmorgen 1973 war ich gerade bis zu den Ellenbogen im Hefeteig – da schellte der Lehmann an der Wohnungstür. Inge hätte antelefoniert, und ich solle dringend zurückrufen. Mir schwante schon, was kommt, und ja, ich hatte recht. «Der Dietmar hat sich krankgemeldet, Renate. Ich weiß, was das für ein Opfer ist, aber du bist die Einzige, die ich fragen kann. Wir können doch den Zug nicht ohne Schaffner losschicken. Dafür merke ich mir hier gleich vor, dass du Ostern auf jeden Fall frei hast und Silvester sowieso. Renate. Bitteeeee.»

Pflicht ist Pflicht, da ist eine Renate Bergmann ja preußisch durch und durch. Und so stand ich eine Stunde später in ordentlich gebügelter Dienstuniform am Bahnhof und bestieg den Zug Richtung Erzgebirge. Mit dem Lokführer hatte ich Glück: Der Wolfgang Pichlein fuhr vernünftig und bremste nicht so ruckelig. Ein ganz ruhiger Kerl war das, Junggeselle, der sich immer freiwillig für die Schicht an den Feiertagen meldete, damit er nicht allein zu Hause saß. «Sollen mal die Weihnachten feiern, die Familie haben, ich kann auch nächste Woche frei machen», sagte er immer. Ein herzensguter Mensch war er, der Wolfgang. Ich rechnete: vier Stunden hin, vier Stunden zurück. Mit ein bisschen Glück würden wir um fünf wieder in Berlin sein und kämen noch rechtzeitig zur Bescherung. Ich hatte Kirsten einen langen Zettel mit Aufträgen geschrieben. Kochen und backen war nicht ihre Stärke, schon damals nicht, aber wenigstens sollte sie Kartoffelsalat machen – das Rezept hatte ich ihr rausgelegt –, den Baum schmücken, die Küche ausfegen, die Wäsche wegplätten und die Finger von den Geschenken lassen, bis ich nach Hause kam. «Erfülle deine Pflicht mit Lust und Liebe, und du wirst sehen, sie erledigt sich fast von allein.» Den Satz hat mir der alte Pfarrer Schaufler damals bei meiner Kommunion mit auf den Weg gegeben. Und ich hatte ihn meiner Kirsten nun mit dazugeschrieben. Diese Weisheit motiviert einen jungen Menschen doch ungemein!

Der Zug war voll, nee, ich sage Ihnen! Man staunt ja doch immer wieder, wie viele Leute sich an den Feiertagen auf den Weg kreuz und quer durch das Land machen. Ich persönlich würde, unter uns gesagt, immer einen Tag früher reisen und nicht am Heiligen Abend, aber das ist eben von Mensch zu Mensch verschieden. Viele hatten Taschen dabei, aus denen Geschenkpäckchen lugten, und so manches Mal hörte ich den Satz: «Vorsicht mit der Tasche, da ist die Gans drin.» Zunächst lief alles gut und im wahrsten Sinne des Wortes nach Fahrplan. Ich knipste die Karten, wünschte frohe Festtage und gab Auskünfte über die Anschlusszüge, so gut ich konnte. Wenn ich es nicht wusste, sagte ich immer: «Direkt vom Gleis gegenüber haben Sie Anschluss, mit nur zehn Minuten Aufenthalt.» Mit dem Satz kam ich prima durch über 40 Dienstjahre bei der Reichsbahn. Ja, gucken Se nicht so entrüstet! Wissen Se, die haben uns kleine

Bahner so knapp entlohnt, dass ich das gar nicht eingesehen habe, mich von den Reisenden beschimpfen zu lassen. «Zehn Minuten vom Gleis gegenüber» war eine Auskunft, die jeden freute und die keine schlechte Laune machte. Bei mir war immer gute Stimmung im Zug! Die allermeisten Menschen sah man doch nie wieder, und die paar Mal, die sich einer beschwert hat, habe ich mich immer mit «So ein Pech, hat er nicht gewartet?» rausreden können.

Die Leute stiegen aus und stiegen zu, es war ein Kommen und Gehen. Nach jedem Bahnhof guckte ich durch die Waggons und knipste den neu Zugestiegenen auch ihre Fahrscheine ab.

Derweil setzte Schneefall ein. Der Zug raste an den tanzenden Flocken vorbei, und die sonst so karge Gegend verwandelte sich zunehmend in eine wunderschöne Winterlandschaft. Weiße Weihnachten! Ach, mein Herz ging auf. Das hatten wir schon JAHRELANG nicht gehabt. Lassen Se sich von alten Leuten nicht einreden, dass es früher IMMER weiße Weihnachten gab. Das ist Quatsch! Einmal blühten sogar die Kirschbäume. Andererseits: Ich kann mich noch an Winter erinnern, die waren so kalt, dass die Ziegen auf die Bäume geklettert sind und die Zweige abgefressen haben, weil sie nirgends mehr was fanden! Na ja. Weiße Weihnachten! Mir wurde ganz warm ums Herz, und ich konnte den Feierabend gar nicht abwarten. Hoffentlich hatten wir in Berlin auch ein bisschen Schnee! Das wäre so schön, wenn es nach der ungeplanten Arbeit wenigstens ein besinnliches Weihnachtsfest mit Flockengestöber am Abend geben würde. Die Gans lag zwar im Kühlschrank, statt im Herd zu brutzeln, aber dann würde ich eben umplanen und Kartoffelsalat mit Würstchen zum Heiligen Abend reichen. Selbst wenn Kirsten das mit dem Kartoffelsalat vermasselte, würde ich eine Lösung finden. Ich habe schon immer das Beste aus dem gemacht, was das Leben meinte mir vor die Füße werfen zu müssen! Wissen Se, ich mache mir nicht mehr so viele Gedanken. Letztlich ist es doch so, dass die Gedanken mich machen.

Kurz hinter Leipzig – sind Se mir nicht böse, wenn ich nicht mehr weiß, wie die Station hieß, es ist wirklich lange her, und bestimmt gibt es da heute gar keinen Bahnhof mehr, die machen ja alles dichte – stieg eine hochschwangere Frau ein. Sie trug ein Minikleid wie alle jungen Dinger damals, das dunkle Haar kinnlang. Bob sagte man. Sie hatte eine kleine Reisetasche bei sich und schob ganz stolz ihr dickes Bäuchlein vor sich her. Ach, ich darf gar nicht an meine Schwangerschaft mit Kirsten zurückdenken. Das Mädel hatte ja gute neun Pfund, und ich ging über die Zeit, was meinen Se, was ich mich zuletzt gequält habe. Ich hatte Wasser in den Beinen, musste die Füße kühlen und Reis essen, weil das entwässert. Aber am schlimmsten waren die Rückenschmerzen! (Und was soll ich Ihnen sagen? Im Grunde quält Kirsten mich bis heute.) Ich setzte die junge zukünftige Mutti jedenfalls in das Abteil mit der Familie aus Schwerin. Die sahen anständig aus und waren ruhig, da war sie gut aufgehoben. Das Mädelchen hieß Elke, war gerade 19 Jahre alt und auf dem Weg zu den Eltern nach Oberwiesental. Der Mann – ja, ziehen Se nicht die Brauen hoch!, damals war man schon in jungen Jahren verheiratet und nicht erst mit 40, erst recht, wenn was Kleines unterwegs war! – war bei den Soldaten und hatte keinen Urlaub bekommen über die Feiertage. Wissen Se, die dachten wahrscheinlich, der Ami greift ausgerechnet an Weihnachten an. Die Elke war Anfang Januar dran, geheiratet hatte sie vor bald einem Jahr – ich fragte das alles ab, man muss schließlich wissen, mit wem man es zu tun hat! Wenn ich heute so sehe, wie die Leute das kleine

Glück übersehen, weil sie dem großen nachrennen, ach, das macht mich traurig! Na ja.

Je weiter wir fuhren, desto heftiger wurde der Schneefall. Aus dem Fenster sah ich gerade noch ein Rudel Rehe. Die Viechlein waren schon bis zu den Hintern im Schnee versunken. Bald einen halben Meter hoch lag die weiße Pracht. Hach! Zwischen zwei Halten schaute ich bei Wolfgang im Führerhäuschen vorbei. Er hatte immer eine große Thermoskanne mit handgebrühtem Bohnenkaffee dabei, von dem er bereitwillig abgab. Das war jetzt genau das Richtige! «Wenn es nicht bald aufhört zu schneien, bleiben wir stecken, Renate», sagte Wolfgang, und ich sah an seinem Blick, dass er keinen Spaß machte. Keine halbe Stunde später war es so weit: Erst fuhren wir nur noch Schritttempo, dann blieben wir ganz stehen.

Um uns herum war links Wald, rechts ein Feld, überall viel Schnee und sonst nichts, keine Stadt und keine Hilfe weit und breit. Der Zug saß fest! Das war zwar noch vor Händi, aber die Bahn hatte damals entlang der Strecke für Notfälle immer Telefonkabel liegen. Und ich frage Sie: Wann war ein Notfall, wenn nicht jetzt? Wahrscheinlich funktionierte das mit Kabel sogar besser als heute, wo sie die Schienen immer so bauen, dass sie am Händinetz knapp vorbeigehen. Wolfgang telefonierte also nach Hilfe, und die wurde uns versprochen. Mir oblag es nun, die Reisenden zu informieren und sie zu beruhigen. Schließlich war Weihnachten nun wirklich der denkbar ungemütlichste Zeitpunkt, mit einem eingeschneiten Zug liegenzubleiben. Jeder hatte Pläne, wirklich ausnahmslos jeder, abgesehen von Wolfgang vielleicht. Können Se sich ja denken, was ich mir für Beschimpfungen anhören musste. Dem Himmel sei Dank hat der liebe Gott uns jedoch zwei Ohren gegeben, und so konnte ich links gleich wieder rausschallen lassen, was mir rechts jemand reinbrüllte.

Ich war kaum durch alle Abteile durch und hatte die Hiobsbotschaft verkündet, da hörte ich es aus dem Abteil, in das ich die junge Schwangere gesetzt hatte, wimmern und stöhnen. Mir schwante Schlimmes, und jawoll, es gab keinen Zweifel: Die Wehen gingen los. «Da müssen wir nun wohl durch, meine Kleine. Es muss ja nur da raus, wo es reingekommen ist. Na, das haben schon ganz andere geschafft», rief ich der werdenden Mutti über den Gang zu. Das machte ihr nicht wirklich Mut, aber es war die Wahrheit.

Ich drehte eine schnelle Runde durch alle Waggons und rief: «Ist denn hier ein Arzt an Bord? Ein Mediziner, eine Krankenschwester?», aber niemand meldete sich. Eine Dame sagte, sie hätte alle Folgen von «Landarzt Dr. Brock» gesehen, aber das konnte ich nicht gelten lassen als Qualifikation. Ein Doktor war im Zug, aber der war Meeresbiologe und kannte sich nur mit Viehzeug aus, das 2000 Meter tief unter Wasser lebt. Eine Renate Bergmann weiß sehr wohl, dass auch Wale Säugetiere sind, aber ... nee. Wissen Se, der hätte nur lange Vorträge gehalten und letztendlich nichts gemacht. Das war keine Hilfe!

Jawoll, ich bin auch keine Medizinerin, aber ich bin eine Mutter. Das musste reichen. Was sollten wir denn sonst tun? Die Natur nimmt ihren Lauf und lässt sich nicht bremsen; wenn es ran ist, ist es ran. Da hilft es dann auch nicht, zu jammern und zu lamentieren. Ich war schon immer eine Frau der Tat, die nicht lange gefackelt, sondern angepackt hat.

Als Erstes scheuchte ich die Schweriner raus und zog die Vorhänge zu. Ein Kind zu kriegen ist schließlich eine genauso intime Angelegenheit, wie ein Kind zu empfangen. Wolfgang hatte mir versichert, dass ein Trupp Soldaten unterwegs war, um uns frei zu schippen. Erst dann könne auch der Krankenwagen aus der Kreisstadt ran an den Zug. Ich sah schon, dass ich das Kind allein schaukeln musste – aber vor dem Schaukeln würden wir es erst mal holen.

Aus dem Sanitätsschrank nahm ich, was ich an warmen Decken greifen konnte, dazu das Verbandszeug, Desinfektion (dort stand auch Franzbranntwein, davon nähme ich in der Not einen Schluck!) und die Schere. Ich überlegte, was ich wohl noch bräuchte. In Filmen rufen sie ja immer nach viel heißem Wasser und einer frischen Zeitung. So richtig hatte ich nie verstanden, wozu das gut sein soll. Sicherlich, es gibt eine große Schweinerei mit all dem Blut, aber zum Reinemachen war doch hinterher wohl noch genügend Zeit? Ich glaube, das machte man nur, um die Männer abzulenken. Es ist bei einer Geburt wie auch sonst im Leben: Besser, man beschäftigt die Männer, dann machen se keinen Blödsinn und stehen einem nicht dumm vor den Füßen herum. Eine frische Zeitung hatten wir dabei. Wir bekamen immer das «Neue Deutschland» in den Mitropawaggon. Das war druckfrisch, da guckte garantiert nie einer rein. Ich fegte also wieder zurück in das Kreißsaalabteil, atmete tief durch und krempelte die Ärmel hoch.

Es gibt ja Momente, da ist auch nicht viel Zeit zum Nachdenken. So ein Moment war nun.

Elke machte ihre Sache gut. Im Grunde wusste ich auch nicht, wie ich ihr helfen sollte, wenn ich ganz ehrlich bin. Ich hielt ihre Hand und sagte abwechselnd: «Schön tief atmen», «Jetzt pressen!» und «Sie machen das ganz prima, Elke». Elke hatte ein ordentliches Beckenmaß. Nach gut einer halben Stunde guckte schon das Köpfchen raus, und dann ging alles ganz schnell. Wenn ich daran denke, wie viele Stunden Kirsten mich bei ihrer Geburt gequält hatte! Noch einmal pressen, und schon hielt ich ein kräftiges, gesundes Mädchen in den Händen. Elke weinte vor Glück und Erschöpfung, und auch ich war fix und fertig mit Nerven und Kräften. Ich schnippelte die Nabelschnur durch, machte einen schönen Knoten und wickelte die Kleine in eine besonders weiche Decke. Als nächste Schicht legte ich zur Isolierung Zeitungspapier um das Kind, und außen rum noch eine weitere warme Decke. Wissen Se, wenn der Zug steht, ist auch die Heizung aus, und es wird rasch kühl.

Da saßen wir nun am Heiligen Abend kurz vor Oberwiesental im eingeschneiten Zug. Elke hielt schlapp, aber glücklich das gesunde Baby im Arm, eingewickelt ins Zentralorgan. Ich hatte zwar damals noch keinen Zucker, aber ein Körnchen für besondere Anlässe hatte ich auch da schon immer dabei. Der tat jetzt gut! Elke wollte keinen.

Draußen war es schummerig geworden. Aus dem Abteilfenster konnten wir die verschneite Winterlandschaft sehen. Die Flocken tanzten noch immer. Ich machte mich daran, die gröbste Schweinerei im Abteil wegzumachen. Eine Geburt ist keine saubere Sache, machen Se sich da kein falsches Bild und lassen Se sich nicht vom niedlichen Baby täuschen! Ich wickelte die Decken zusammen und wusch Elke und mich, dann sah es schon ganz manierlich aus. Nun wurde es wohl Zeit, die frohe Botschaft zu verkünden. Ich öffnete die Tür unseres Abteils. Auf dem Gang drängten sich wohl 50 Fahrgäste. «Liebe Mitreisende, wir haben ein Mädchen! Mutter und Kind sind wohlauf.» Das Kindchen plärrte genau in dem Moment laut los und gab eine Kostprobe seiner kräftigen Stimme.

Ein unbeschreiblicher Jubel brach aus, und alle klatschten. Sie machen sich kein Bild. Vergessen war all der Ärger darüber, dass wir in der Schneewehe feststeckten und niemand bei seinen Lieben daheim sein konnte. Eine ältere Dame fing zart an zu singen:

«Leise rieselt der Schnee ...», und ihre Augen leuchteten. Alle anderen Reisenden stimmten mit ein:

«... still und starr ruht der See.
Weihnachtlich glänzet der Wald:
Freue dich, Christkind kommt bald!
In den Herzen wird's warm,
Still schweigt Kummer und Harm,
Sorge des Lebens verhallt:
Freue dich, Christkind kommt bald!
Bald ist Heilige Nacht!
Chor der Engel erwacht,
Hört nur, wie lieblich es schallt:
Freue dich, Christkind kommt bald!»

Unser Christkind war ja nun schon da, die Elke hielt es im Arm! Ach, es war ein so wunderbarer Augenblick. In der langen Reihe der Weihnachtsfeste, die ich mit meinen 82 Jahren erleben durfte, war es eines der schönsten. Wissen Se, auch wenn die Gans fehlte, es keine Zitronenspeise gab (das sage ich Ihnen: Dieses Weihnachten nehme ich wohl endgültig gekaufte Gelatine dafür, Kalbsfüße auszukochen wird mir im Alter doch zu beschwerlich) und wir nicht zu Hause waren – das Wichtigste ist doch nicht, was an Geschenken unterm Baum liegt oder dass die Tafel sich unter der Buttercremetorte biegt, sondern dass man Menschen um sich hat, die ihr Herz öffnen.

Von draußen hörten wir nun auch Hilfe nahen. Eine ganze Kolonne Lkw war angerückt, voll besetzt mit Soldaten, die sich einen Weg durch den Schnee zu uns bahnten. Jede Minute kamen sie näher. Wieder applaudierten alle Fahrgäste, glücklich, dass die Rettung da war und wir nun ins Warme kamen. Die Soldaten halfen beim Aussteigen und brachten die Reisenden zu den Lkw. Elke und das Baby wurden natürlich als Erste aus dem Zug geholt. Einer der Soldaten … aber: Sie ahnen bestimmt schon, was jetzt kommt? Ja, es war schließlich Weihnachten, und da werden manchmal auch Wunder wahr. «Elke?», rief der jungsche Bengel, lassen Se ihn vielleicht gerade 20 Jahre alt gewesen sein, aus. «Elke? Das kann doch nicht wahr sein!» Er küsste die Elke und drückte das Neugeborene sachte an sich. Da war se noch friedlich, die kleine Manja – so haben sie sie getauft.

Leider habe ich den Kontakt zur Elke über viele Jahre verloren. Damals war ja noch kein Fäßbock. Heute würde man einfach Nummern tauschen oder sich eine Freundesanfrage schicken, aber die Zeiten waren eben noch andere. Erst viele Jahre später, als die Frau Berber, meine liederliche Nachbarin, Besuch von ihrer Mutter bekam, trafen wir uns im leidlich geputzten Treppenhaus wieder. Ich hätte die kleine Elke nicht mehr erkannt.

Aber als sie erzählte, dass sie das Kind Weihnachten 1973 in einem eingeschneiten Zug im Erzgebirge mit Hilfe einer Schaffnerin entbunden hat, da brauchte ich doch einen Korn.

Einen doppelten!

Ja, auch in diesem Jahr gab es nicht viel an Resten, die man hätte einfrieren können.

Wenn was passiert, kommt aber auch immer alles zusammen. Es war nämlich auch das Jahr, in dem Gläsers über die Feiertage in den Kiffhäuser verreist waren.

Nee, warten Se mal.

Kyffhäuser heißt das.

Jedenfalls fiel ausgerechnet an diesem Fest die Kartoffelsalatproduktion bei Gläsers aus, und wir mussten improvisieren, was mehr schlecht als recht klappte. Kirsten hatte zwar die Wäsche weggelegt und leidlich Staub gewischt, aber was sie an Kartoffelsalat fabriziert hat, war ungenießbar.

Dabei hatte ich ihr das Rezept aufgeschrieben und dagelassen! Mit Rezepten ist es jedoch so eine Sache. Ich sage immer, man muss einmal gesehen haben, wie ein Gericht zubereitet wird und mit einer erfahrenen Köchin – oder Koch, heute kochen ja auch viele Männer, und zwar sehr gut! – am Herd gestanden haben. Wissen Se, was für einen selbst ganz selbstverständlich ist, ist für eine andere Person, die das Rezept nur liest, mitunter nicht nachvollziehbar. Wenn da zum Beispiel steht «eine Prise Salz», dann heißt das «Salz nach Geschmack». Das kommt auch immer auf die Mayonnaise an und wie stark die Pellkartoffeln schon gesalzen waren.

Manchmal reicht wirklich eine Prise – also, das, was zwischen die Fingerkuppen von Daumen, Zeige- und Mittelfinger passt –, und mal muss es doch ein halber Teelöffel sein. Das kann man so genau nicht sagen und erst recht nicht aufschreiben. So was hat man doch im Gefühl! Kirsten hat dieses Gefühl für das Kochen bis heute nicht. Sie fühlt dafür Energien und ob der Kater gleich … ob er Blähungen macht. Nee, was die Gefühle betrifft, schlägt sie mir so gar nicht nach. Und es war natürlich auch so, dass das Mädelchen mir bis dato beim Kartoffelsalatmachen nie zur Hand gegangen war – wo doch unsere Portion immer von Gläsers kam! Ich hatte jedenfalls notiert «2 Kilo Kartoffeln sauber pellen und in feine Scheiben schnippeln». Das hat Kirsten gemacht. Allerdings hatte sie die Kartoffeln vorher nicht gekocht. Sie hat die rohen Kartoffeln – zugegeben, recht manierlich – geschält, die Augen ausgeschnitten und in feine Scheiben gehobelt.

Aber sie waren eben nicht gekocht.

Das Angerührte war nicht zu retten. Was wollen Se mit rohen Kartoffeln, die mit Mayonnaise vermengt sind, schon zaubern? Kochen oder gar einen Auflauf im Ofenrohr daraus machen geht nicht. Warm gemachte Mayonnaise, also wirklich. Da dreht sich einem ja der Magen schon bei dem bloßen Gedanken daran um. Es blieb mir nichts anderes übrig, als die große Schüssel voller Pamps in der Toilette runterzuspülen.

Es ist erstaunlich, dass das Mädel es später doch noch gelernt hat, einen schmackhaften Kartoffelsalat zuzubereiten. Wahrscheinlich hat sie das Rezept von einer ihrer Patientinnen. Der Salat wird ganz ohne Ei und Fleisch gemacht, der ist rein wegan. Mit Zwiebeln, reichlich Kräutern und glücklichem Öl; nee, ich muss sagen, der schmeckt sehr fein.

Seit Gertrud erzählt hat,
dass sie den Puderzucker mit einer
alten Strumpfhose stäubt,
esse ich ihren Kuchen
nicht mehr mit rechtem Appetit.

Berlin, 1986

An einem Weihnachtsabend, es war 1986, machte uns das Schicksal einen richtig großen Strich durch die Pläne und wirbelte alles durcheinander. Ein bisschen was geht ja immer schief: Wenn die Sahne nicht richtig steif wird oder die Pökelzunge trocken ist, jawoll, das ist ärgerlich, aber davon spreche ich nicht. Weihnachten 1986 hat meine beste Freundin Gertrud im Krankenhaus verbracht, denken Se sich nur!

Bei Gertrud kommt vom Feiern her alles zusammen, sie hat nämlich am Heiligen Abend Geburtstag. Sie kam am gleichen Tag auf die Welt wie das Jesuskind. Ein paar Jahre später, ja, aber ich lasse das trotzdem mal so stehen.

Es gibt im Grunde genommen zwei Versionen dieser Geschichte. Eine ist kurz und knapp, die erzähle ich in ein paar Sätzen vorneweg. So sind Se im Bilde und wissen, dass nichts Schlimmes dabei passiert ist. Dann können Sie sich über die zweite Version, die Gertrud immer zum Besten gibt und die sie jedes Mal weiter ausschmückt, ein bisschen amüsieren. Ich warte ja nur darauf, dass das Fernsehen mal anruft und das verfilmen will. Also, passen Se auf …

Weil ihr Geburtstag und das Christfest zusammenfallen, hat Gertrud an den Feiertagen immer großen Hans im Haus. Selbst wenn man verabredet: «Wir machen Weihnachten aber keinen großen Auflauf» – zum Geburtstag kommen se ja doch alle und gratulieren! Da will sie gut vorbereitet sein und backt und kocht tagelang. Das ganze Jahr über ist sie zu faul zum Kochen und bestellt beim Räderserwiss, aber an ihrem Geburtstag fährt sie groß auf. Sie brät Gänse, backt Hefekuchen und Buttercremetorten für ganze Kompanien. Damals, Weihnachten '86, war sie ganz frisch in Rente und hatte ein bisschen viel Zeit. Da war sie bei allen möglichen Doktors, und die machten sie so wild, dass sie bei jedem Wehwehchen fürchtete, dass es ein Tumor ist und sie bald daran stirbt.

Dabei war es ganz einfach: Gertrud hatte zwei Tage lang in der Küche gestanden und zwischendurch alles probiert und von allem genascht, bis es ihr im Bauch pikste und ihr ganz schlecht war. Da tat sie, was sie immer tut, wenn was ist: Sie rief mich an. Ich hatte aber auch mein Tun und war gerade dabei, die Gans zu begießen. Deshalb sagte ich nur: «Gertrud, trink einen Korn. Der hilft beim Verdauen. Das mache ich auch immer, wenn mir nicht ganz ordentlich ist.» Sie lamentierte dann noch ein Weilchen und stimmte ein Klagelied an, für das ich aber kein Ohr hatte. Wissen Se, ich kenne Gertrud von Kindesbeinen an und weiß, dass sie zum Drama neigt. «Wenn es dir so schlechtgeht, ruf einen Krankenwagen an. Ich bin kein Doktor. Wenn Korn nicht hilft, kann ich es auch nicht», sprach ich wohl ein bisschen zu harsch, aber bei meiner Gans wäre die Brust trocken geworden, hätte ich den Vogel jetzt nicht regelmäßig mit Flüssigkeit versorgt!

Gertrud hat das beleidigt zur Kenntnis genommen und wirklich den Notarzt angerufen. Was sollten die machen? Die konnten sie ja nicht mit gesunder Härte abwimmeln wie ich. Sie haben also einen Wagen geschickt mit Tatü-Tata, Gertrud verladen und sind mit ihr durch halb Berlin gekutscht. An so einem Tag haben die Krankenhäuser natürlich auch nur Notbesetzung und arbeiten auf Sparflamme. Jedenfalls haben se meine Gertrud, der es im Oberbauch pikste, in die Charité gefahren. Das war das einzige Krankenhaus, das noch ein Bett frei hatte an dem Tag. Sie muss so ein Theater veranstaltet haben, dass die wohl auf Nummer sicher gehen wollten, damit keiner vor den Kadi kommt, wenn Gertrud am Ende doch eingegangen wäre auf der Trage hinten im Krankenauto.

Es war die Galle, jawoll. Aber sie wurde nicht operiert. Sie blieb eine Nacht da und durfte nur Tee und einen Zwieback, weil sie – entschuldigen Se bitte den Ausdruck, aber es gibt keinen passenderen – sich völlig überfressen hatte.

Aber selbst *wenn* sie deshalb hätte aufgeschnitten werden müssen, wäre das schon damals keine große Sache gewesen: ein bisschen schnippeln, ein bisschen absaugen und wieder zunähen. Gerda Wallerbusch hatte das auch, das war gar nicht kompliziert. Sie war zehn Tage im Krankenhaus und hat schon in der Woche nach der Entlassung wieder die Kartoffeln angehäufelt. So eine OP ist doch Routine. Die macht doch fast der Pförtner. Aber was Gertrud daraus für eine Geschichte gemacht hat, Sie ahnen es nicht!

Jedes Mal, wenn sie von dieser Begebenheit erzählt, werden die Gallensteine, die man ihr *angeblich* rausgenommen hat, größer. Kennen Se Anglerlatein? Bei Gertrud ist es Gallenlatein. Tatsächlich haben sie Gertruds Mutter bald nach dem Mauerbau mal zwei Krümelchen rausoperiert. Die waren jeweils so groß wie ein Stecknadelkopf. Sie trug die Dinger in einem Tablettenröhrchen sogar mit nach Hause und hatte sie noch jahrelang in der Anbauwand stehen. Ich finde das ein bisschen … besonders, aber das muss ja jeder für sich wissen, was von sich er auf der Kredenz aufstellt. Als Mutter Gans dann verstorben ist, haben wir ihr die Gallensteine auch mit ins Grab gegeben, wissen Se, man ist ja doch lieber komplett unter Tage. Und auf der Anbauwand haben wir ein schönes Foto von ihr … Aber das tut hier ja gar nichts zur Sache … wo war ich? Ach. Ich weiß wieder.

Jedenfalls baut Gertrud die Geschichte über die Jahre immer weiter aus und spinnt ein Zeuch zusammen, da legen Se die Ohren an:

«Der Chefarzt, Professor Waldriebe, wurde extra aus Paris eingeflogen. Der war da auf einem Chirurgenkongress. Und weil er Reisekader war und eine weltweit anerkannte Kapazität für Galle, der sogar für den Nobelpreis im Gespräch war, blieb er mit seiner Frau über Weihnachten ein paar Tage in der Stadt der Liebe. So war es jedenfalls geplant, denn als ich in Berlin in die Notaufnahme eingeliefert wurde und die mitkriegten, was für einen komplizierten Fall die auf dem Tisch liegen hatten, schickten sie sofort ein Telegramm nach Paris. Blitztelegramm per Eilboten, ohne Schmuckblatt, dafür war keine Zeit, denn es ging ja um Minuten! Der Professor ließ alles stehen, liegen und die Gemahlin sitzen und eilte nach Berlin. Es war sehr dramatisch. Die Ärzte kämpften um mein Leben! Sie trauten sich erst nicht, mir was für den Blutdruck zu spritzen, weil der Professor das lieber selbst tut, aber als die Krämpfe immer schlimmer wurden und der Blutdruck so absackte, dass die Geräte schon fast gar nichts mehr anzeigten, klemmten sie mich doch an einen Tropf. Die haben mir ein ganz teures Medikament, das aus dem Westen importiert wurde und eigentlich nur für das Politbüro zugelassen war, verabreicht. Der Professor kam dann gegen vier Uhr morgens direkt vom Flughafen, wohin sie ihn mit einer Sondermaschine hatten einfliegen lassen. Nachtflugverbot hin oder her, mein Leben hing am seidenen Faden, und in solchen Fällen gibt es Ausnahmen. Noch in der Limousine zog er sich um und schlüpfte in die sterilen Gummihandschuhe. Doktor Tänzer, der erstbehandelnde Arzt, fuhr im Wagen mit und instruierte ihn. Es ging um jede Minute, berichtete man mir später. Ich bekam ja nichts mit, ich lag schon vorbereitet auf dem kalten OP-Tisch und weinte nur vor Schmerz. Meine Dinge waren geregelt, das war das Einzige, was mich beruhigte. Hätte man mich heimgerufen in der Nacht – ich wäre bereit gewesen!»

An dieser Stelle macht Gertrud immer eine Pause. Nur ganz kurz, aber es reicht, dass die Zuhörer weiter an ihren Lippen hängen und mitfiebern. Gertrud kann meisterhaft Stimmung aufbauen, da isse wie eine Burgschauspielerin. Die Hörbiger, die die Gräfin Guldenburg gespielt hat, die kennen Se doch? Die könnte noch lernen von Gertrud.

In dieser Kunstpause nippt sie gerne an einem Glas Wasser («Ohne Kohlensäure bitte, ich muss ja bis heute vorsichtig sein mit der Galle») und setzt an zum großen Finale:

«Professor Waldriebe hat hinterher zu mir gesagt, dass es ein Wunder ist, dass ich das überlebt habe. SOLCHE Gallensteine hat er mir rausgeschnitten!» Dann zeigt sie, wie groß sie angeblich waren. Die sind im Laufe der nun schon gut 20 Jahre immer größer geworden. Anfangs war die Rede von kirschkerngroß, später «so groß wie mein Daumennagel». Vor zehn Jahren waren sie tischtennisballgroß, und als ich letzthin reinplatzte, als sie die Geschichte einem Damenkränzchen erzählte, ließ sie das «Tisch» einfach weg. Ich sage Ihnen, wenn sie noch 10 Jahre lebt – und so robust, wie sie ist, wird die 100 und älter, älter noch als die Königinmutter! –, hätte sie Wackersteine wie einst der Wolf in «Die sieben Geißlein» im Bauch!

Nee, die spinnt sich was zusammen, es ist unglaublich. Aber es kostet nichts und macht ihr Spaß, und wenn es ihr die Leute glauben und sie niemandem damit weh tut – soll se doch! Aber ich war schon damals die beste Freundin und dabei; ich weiß, wie es wirklich war. *Überfressen* hatte se sich bei ihrer Weihnachtskocherei. Sie hatte schlichtes Wanstdremmeln. Dann rief sie mich an. Wissen Se, ich war im letzten Jahr vor der Rente und musste nicht mehr arbeiten an den Festtagen. Meine Dispatscherin bei der Reichsbahn hatte ein Einsehen und sagte: «Renate, nach all den Jahren auf dem Zug an den Feiertagen – so kurz vor der Pensionierung bist du mal dran mit frei.» Das war schön, aber was heißt schon «frei» für eine Hausfrau, frage ich

Sie? Selbstverständlich hatte ich die Gelegenheit genutzt und die ganze Sippe zum Weihnachtsessen eingeladen. Da gehört allerdings die Wohnung auf Vordermann gebracht, schließlich kam auch Hedwig, die Cousine zweiten Grades von meinem da schon verstorbenen Franz. Die kam trotzdem, ob Franz tot war oder nicht. Das war so eine, die schon mal mit dem Zeigefinger über die Lampe wischte und prüfte, ob da Staub lag. Die hatte auch sonst keinerlei Anstand, auf Ewald Schlangpichlers 75. Geburtstag mäkelte die bei Tisch, dass der Braten angeblich trocken war. So was wollte ich nicht erleben. Pah! Ich begoss den Vogel alle paar Minuten und hatte also wirklich zu tun, als Gertruds Anruf kam. Wirklich!

«Renate, es pikt so.»

Wissen Se, meine Freundin ist eine patente und nie um eine freche Antwort verlegene Dame. Sie steht mit beiden Beinen mitten im Leben, wenn auch mittlerweile ein bisschen wackelig. Gertrud hat, bis sie 60 wurde, als Köchin gearbeitet. Sie hat feste angepackt und große Pötte mit zehn Kilo Kartoffeln drin geschleppt, Säcke voller Zwiebeln in die Küche gehievt und war immer mit allem vorneweg. Auch heute noch fasst ihr kein Mann ein zweites Mal beim Tanzen an den Büstenhalter, wenn Gertrud das nicht will und ihm deshalb eine gelangt hat.

Als wir beide damals in Rente gingen, ist sie gleich zum Doktor. Endlich war mal Zeit dafür! «Renate, ich lasse mich gründlich durchschecken.» Sie ist dann los zu ihrer Ärztin und hat Bluttest machen lassen, Urin und Koppröntchen. Alles, das ganze Programm. Es kam nichts dabei raus, was sie nicht schon vorher gewusst hätte – sie sollte ein bisschen aufpassen, was sie isst und viel spazieren gehen, riet die Ärztin. Eine kleine Tablette für den Blutdruck kriegte sie aufgeschrieben und die Auflage, alle Vierteljahr wiederzukommen. Ich bitte Sie, als ob das etwas Besonderes wäre! Bei der Dokter Bürgel kommt keiner ohne Blutdrucktabletten raus! Das machen die doch extra. Die wollen schließlich alle leben, die Dokters, genauso wie die Pillendreher auch. Mir müssen Se nichts erzählen, ich weiß doch Bescheid. Na, wie dem auch sei, Gertrud war «pumperlgesund», wie man in Bayern so schön sagt. Nur sie selbst war da anderer Meinung. Sie hatte zu viel Zeit, wenn Se mich fragen. Jedes Zwicken und jedes Wehwehchen deutete sie als Anzeichen ihres nunmehr unmittelbar bevorstehenden Ablebens. Deshalb nahm ich ihr «Renate, es pikt so» auch nicht ernst. Halten Se mich nicht für hartherzig, aber ich wusste doch, was los war!

Trotzdem war das natürlich ein Paukenschlag, als das Krankenhaus anrief. Wer rechnet denn mit so was⸮! Wenn die Charité anläutet am Heiligen Abend und Ihnen erzählt, dass die beste Freundin eingeliefert wurde und fragt, ob Sie nicht ein paar Sachen bringen können, na, dann würde Ihnen aber auch der Schreck in die Glieder fahren! Die Schwester sprach aber schon am Telefon sehr beruhigend auf mich ein und sagte, ich solle mir keine Sorgen machen. Es wäre kein Eingriff nötig, man würde sie nur zur Beobachtung eine Nacht dabehalten. Und ich sollte kein Essen vorbeibringen, die Frau Potter wäre mit Tee gut versorgt, auch wenn patientenseitig wohl der Wunsch nach Nusstalern bestand. So sagte sie damals.

Ich schmiss erst mal die Sippe aus der Wohnstube, die mäkelige Cousine Hedwig als Erste, und als endlich alle den richtigen Mantel hatten und die Schuhe zugebunden waren, standen Ilse und Kurt schon vor der Tür, um mich abzuholen. Kurt hat uns gefahren. 1986 war an den Koyota ja noch nicht zu denken: Da hatten Gläsers noch den Wartburg mit Handschaltung. Und Kurt ein paar Dioptrien weniger.

Wir sind also hin zu Gertruds Wohnung und suchten ein paar Sachen zusammen. Ich habe ja seit Menschengedenken einen Schlüssel, wissen Se, es kann ja immer mal was passieren. Es muss ja nicht mal sein, dass die beste Freundin mit Kolik auf der Auslegeware liegt und sich krümmt, es reicht ja schon, dass man das Schlüsselbund irgendwo liegen lässt oder vergisst. Dann ist das Bein dicke, Sie wissen doch bestimmt auch, was so ein Notdienst verlangt. Die öffnen einem die Tür, jawohl. Aber wenn Se die Rechnung hinterher sehen, rollen Se sich auch mit Schmerzen auf dem Teppich. Die berechnen dreistellige Summen und allein für die Anfahrt eine Gebühr, dass man denken könnte, die lassen sich von vier Innungsmeistern in der Sänfte tragen.

Ich schloss die Tür auf, und wir kamen fast nicht in den Flur. Alles war mit Töpfen und Pfannen vollgestellt, jedes Tischchen, jedes Regal und sogar der Fußboden. Die ganze Wohnung sah aus wie Tante Minnas Gasthofküche, wo ich oft als Kaltmamsell ausgeholfen habe. Himmel! Gertrud hatte alles gekocht und gebraten, was Konsum und HO hergaben. Sie hatte ja ihr Leben lang in einer Großküche gearbeitet, das kriegt man so schnell nicht aus dem Kreislauf. Für kleine Gruppen kann sie bis heute nicht kochen. Auf dem Wohnzimmertisch standen vier Bleche Streuselkuchen. Ich will nicht pietätlos erscheinen, aber … wäre Gertrud in dieser Nacht von uns gegangen, hätten wir für den Leichenschmaus schon mal nicht extra backen müssen. Frisch genug war der ja. Selbstverständlich war jeder Kuchen angeschnitten, und sie hatte davon probiert. Wir fanden auch mehrere Pfannen mit fertigen Enten vor. Dazu Pötte mit Grün- und Rotkohl. Die Küche sah aus! Gertrud ist so eine, die nicht gern abwäscht, müssen Se wissen. Wenn wir bei ihr zum Kränzchen sind, gibt es immer ein spaßiges Ritual. Ilse und ich, die wir noch mit Anstand erzogen wurden, stellen nach dem Kaffeetrinken die Tassen zusammen, und eine von uns sagt: «Gertrud, wir waschen das rasch ab. Wir fassen mit zu, dann ist das ruckzuck erledigt.» Gertrud sagt immer ganz entrüstet: «Nein! Das kommt gar nicht in Frage. Wozu habe ich denn den Geschirrspüler?», und windet sich. Aber Ilse ist taub auf dem Ohr, wenn die Porzellan mit Goldrand sieht und «Geschirrspüler» hört, zuckt sie zusammen und greift ein. Noch ehe Gertrud aus dem Sessel hoch ist, hat Ilse schon handwarmes Wasser im Spülstein, und ich trockne die Sammeltassen mit dem weichen Geschirrleinen ab. Gertrud windet sich meist noch kurz mit Bemerkungen wie «Das müsst ihr doch nun aber wirklich nicht …», oder «Ach, das ist mir unangenehm», aber wir hören gar nicht hin. Wenn man denkt, man hat es fast geschafft, steht Gertrud auf einmal neben einem und reicht noch die Tortenplatte an: «Ich habe die Reste in den Kühlschrank gestellt, hier, die Platte … aber Vorsicht, Ilse, nicht, dass das Dekor leidet!» Ganz langsam schlägt dann die Stimmung um, und Gertrud übernimmt schleichend das Kommando über unseren Abwaschtrupp. Während Ilse und ich mit den immer größer werdenden Bergen von Geschirr kämpfen, wuselt Gertrud durch die ganze Wohnung und holt von überall her Schüsseln und olle Vasen. Und wenn das Spülwasser schon ganz schmuddelig ist und Ilse warmes Wasser nachlaufen lassen muss, findet Gertrud im Backofen auch noch eine fettverkrustete Pfanne vom letzten Sonntag. Manchmal denke ich, Gertrud ist gerissener, als wir glauben, und macht das mit Absicht. Aber dann lächelt se mich wieder an und holt die Likörschalen für den Eierkonjack raus, und so kann man ihr im Grunde nicht böse sein.

'86 muss sie jedenfalls von allem, was sie da

zubereitet hatte, gekostet haben. Wenn roher Plätzchenteig, Kartoffelsalat mit fetter Mayonnaise und eine Stulle mit frischem Gänseschmalz im Magen aufeinandertreffen und man obenauf auch noch die Mixerstäbe mit der Buttercreme ableckt und die Reste aus der Schüssel schleckert, wissen Se, da stößt auch der beste eisgekühlte Korn an die Grenzen seiner heilenden Kräfte. Da muss man dann einfach mal aufhören zu essen und sich kurz hinlegen. Gertrud jedoch deutete die Anzeichen falsch und dachte, ihr wäre so flau im Magen – da müsste sie mal was anständiges essen. Sie hatte die Nascherei gar nicht als Mahlzeit wahrgenommen. Ihr fiel nur auf, dass sie den ganzen Tag noch nichts Richtiges gegessen hatte. Während sie also ein paar Dominosteine naschte, machte sie sich eine Portion vom Grünkohl warm und gönnte sich eine Bratwurst dazu. Das brachte die Galle sozusagen zum Überlaufen.

«Renate, es pikt so.»

Ja. Das glaubte ich gern!

Gertrud hatte ja nicht mal eine Krankenhaustasche mit Nachthemden, Waschtasche und Papieren vorbereitet. Na, das habe ich ihr aber zügig angewöhnt! Wir packten also schnell zusammen, was sie so brauchen würde, und sausten rüber zur Charité.

Gertrud erzählte im Krankenhaus natürlich nichts von ihren Naschereien. Wir mussten das häppchenweise aus ihr rauslocken. Wir – die Schwestern, Ilse und ich – mussten sozusagen ermitteln wie die Kriminalkommissare. Kurt war ganz fasziniert von dem elektrischen Drücker am Bett, mit dem man das Kopfende flacher oder steiler stellen konnte, wenn man aufsitzen oder liegen wollte. Er fuhr Gertrud in einer Tour hoch und runter, bis Schwester Sabine ihm den Fernsteuerer wegnahm. Die Schwester fragte Gertrud, was sie denn heute gegessen hatte, und die behauptete, ohne mit der Wimper zu zucken:

«Gar nichts. Ich habe nur Knäcke im Haus.»

Ilse und ich hatten jedoch die Berge von Töpfen und Schüsseln gesehen und wussten Bescheid. Ich guckte sie deshalb streng an und fragte nach:

«Hat die Gans eigentlich viel Fett ausgelassen?»

Gertrud strahlte. «Nicht über die Maßen, Renate. Das kleine Tontöpfchen ist zu einem Drittel voll. Und es schmeeeeckt auf frischem Schwarzbrot!», fuhr sie fort.

Die Schwester notierte mit hochgezogener Braue, und ich fragte weiter: «Hast du die Buttercreme nach deinem Rezept gemacht oder nach dem von Oma Strelemann?» – «Nee, ich nehme immer einen Stich mehr Butter als die Oma und auch weniger Eier. Aber das lohnt sich, sie schmeeeeckt …» Die Schwester notierte weiter und gab uns zu verstehen, dass ihr das genügte. «Danke, Frau Potter. Ich habe einen Eindruck. Ich will dem Arzt nicht vorgreifen, aber richten Sie sich doch bitte darauf ein, dass Sie hierbleiben und … wir vielleicht erst mal beobachten, wie sich ihr Verdauungstrakt entwickelt, wenn man ein paar Stunden lang nichts mehr … zuführt.»

Wir konnten Gertrud nicht allein lassen, das macht man einfach nicht mit der besten Freundin so kurz vor Weihnachten. Selbst wenn sie nicht krank, sondern nur voll war wie eine Stopfgans. Es war schließlich nicht nur der Heilige Abend, sondern auch Gertruds Geburtstag; ich bitte Sie, da lässt man eine gute Freundin nicht ohne Beistand mit der Schnabeltasse in graugekochter Krankenhausbettwäsche liegen.

Ich blieb bei Gertrud, und Ilse und Kurt fuhren noch mal in ihre Wohnung.

Die beiden haben einfach alles eingepackt, was sie tragen konnten von Gertruds Koch- und Backwerken. Ich fand es seinerzeit schon wichtig, an solchen hohen Festtagen auch mal an die zu denken, die arbeiten müssen und nicht im Kreise ihrer Lieben unter der Tanne singen können (manche haben ja angenehmere Verwandtschaft als Cousine Hedwig): An die U-Bahn-Fahrer, an die, die im Elektrizitätswerk Wache schieben, damit nicht die ganz dicke Sicherung rausfliegt, wenn wir alle die Lichterketten anknipsen, und natürlich an die Schwestern und Doktors in den Krankenhäusern. Die hatten damals schon viel zu tun, nicht, dass Se mich da jetzt falsch verstehen. Aber ganz so dollen Druck wie heute, wo die im Laufschritt über die Station rennen und einem quasi im Galopp den Katheter zuwerfen, hatten se damals wohl noch nicht. Gucken Se mal eine alte Folge «Schwarzwaldklinik»: Da wurde in der Krankenhausküche noch selbst gekocht, es gab ein Schwesternzimmer mit einer Kaffeekanne auf dem Tisch, die immer voll war, und es blieb auch noch Zeit für ein nettes Wort, ein bisschen Trost, eine schöne Liebesgeschichte zwischen Udo und Elke, eine Runde Cabrio fahren und eine Zigarette auf dem Hof.

Ilse, Kurt und ich setzten uns zu Gertrud ans Bett, was eigentlich streng verboten war. Wissen Se, damals gab es noch die ganz festen Besuchszeiten: Donnerstag und Sonntag für je zwei Stunden am Nachmittag. Da konnte man nicht einfach so reinplatzen. Aber es war Weihnachten, und Gertrud war, entgegen dem, was sie heutzutage in ihren Märchengeschichten erzählt, nicht wirklich krank. Man hatte sie nur zum «Nichtsessen» dabehalten. Manchmal lesen die auch Betrunkene auf der Straße auf, die sie dann zum Ausnüchtern für eine Nacht wegschließen. So ähnlich war das bei meinem Trudchen auch. Nur dass sie nicht vom Schnaps, sondern mit Gänseschmalz und Dominosteinen voll war.

Ilse reichte Streuselkuchen rum, und Kurt und ich griffen gerne zu. Durch die ganze Aufregung waren wir ja wirklich nicht zum Essen gekommen! Schwester Annegret und Schwester Sabine, die auf der Station Spätdienst hatten, schauten lächelnd zu uns rein und zwinkerten uns zu. Die Annegret war eine Zierliche, aber mit Haaren auf den Zähnen. «Wenn Sie Frau Potter auch nur einen Bissen zu essen geben, mache ich Ihnen persönlich einen Einlauf!», rief sie und drohte mit dem Zeigefinger. Nichts lag mir jedoch ferner. Stattdessen machten wir zwei große Platten für das Schwesternzimmer fertig: einen Teller mit Kuchen und einen mit belegten Broten und kaltem Braten. Das gute Essen war doch zu schade, um es umkommen zu lassen. Und die Schwestern und Ärzte, die hier an den Feiertagen arbeiten mussten, hatten es verdient.

Gertrud jammerte in einem fort.

«Ist der Bienenstich denn gelungen? Ich glaube … Himmel, ist mir schlecht … ich glaube, der Hefeteig ist nicht richtig gegangen. Kurt, gib mir doch mal ein Stück zum Kosten. Bitteeee!»

Kurt zeigte ihr einen Vogel und biss beherzt in den Kuchen. Gertrud hatte eine kleine Strafe verdient. Wir achteten jedoch alle penibel darauf, nicht zu krümeln. Mein vierter Mann Walter hat mir einmal, am ersten Hochzeitstag, Frühstück ans Bett gebracht. Hören Se mir bloß auf! Das ist nur was für Leute im Schmalz-Film. Zwei Minuten lang ist das schön und auch ein bisschen romantisch, aber wenn man dann am Hochzeitstag die Betten frisch beziehen muss und in der Waschküche steht, weil Kaffeeflecken und Heidelbeermarmelade auf den Laken sind, wissen Se, vergeht einem die Romantik auch. Ich habe ihn nicht geschimpft, er meinte es ja gut. Aber ab dem Jahr darauf frühstückten wir in der Küche am Tisch. Ab dem dritten Hochzeitstag machte ich auch das Frühstück wieder selbst. Da war es genug mit Romantik.

In dem Jahr, ’86, haben wir wirklich viel eingefroren. Den ganzen ersten Feiertag standen Ilse und ich in Gertruds Küche und füllten alles, was wir fanden, in Dosen und Tüten um. Wir wuschen auch ab und schrubbten Gertruds Küche.

Gertrud musste zwei Nächte im Krankenhaus bleiben, bis alles wieder stabil war. Schnell war sie wieder auf dem Damm. Damals war die Gute ja noch jünger und noch verrückter hinter den Kerlen her als heute. Stellen Se sich das mal vor, als wir sie abgeholt haben, hat mir Schwester Sabine diese Geschichte im Vertrauen erzählt: Gertrud hat einem Kerl auf der Nachbarstation einen Schlafanzug geschickt, den sie vom Schwesternwagen gemopst hat, und ein Kärtchen dazugelegt, auf dem stand: «Ich habe das dazu passende Nachthemd. Wäre es nicht vergnüglich, sie lägen beide Seite an Seite?» Das ist schon fast durchtrieben. Meine Mutter hat da schon nicht mehr gelebt, die hätte auf der Stelle der Schlag getroffen, und sie hätte mir, einer erwachsenen Frau auf dem Weg zur Rente, den Umgang mit Gertrud verboten. «Halt dich von der kleinen Gans fern (Gertrud ist eine geborene Gans, erwähnte ich das?), das ist kein Umgang für dich», hat Mutter immer gesagt. Und mit was? Mit Recht!

Hinter den Kerlen ist Gertrud bis heute her, das kriegen Se nicht mehr aus ihr raus. Aber mit dem Essen ist sie ein bisschen vorsichtiger geworden. Das war ihr eine Lehre. Überhaupt kocht sie inzwischen kaum noch. Aber eine schöne Tradition ist geblieben: In jedem Jahr bringen wir zu den Weihnachtsfeiertagen einen Teller Kuchen und Plätzchen in das Krankenhaus. Nicht in die Charité, da lassen se einen ja gar nicht mehr rein, und der Weg ist auch viel zu weit. Die Schwestern von damals sind ja auch alle längst nicht mehr da, und es ist auch gar nicht das Wichtigste, konkret *diesen* Leuten ein schönes Fest zu bereiten. Es geht allgemein darum, denen ein Lächeln auf das Gesicht zu zaubern und ein kleines Dankeschön zu sagen, die es verdient haben. Und das sind ganz, ganz viele Namenlose. Wissen Se, wenn Hausfrauen backen, fällt immer ein bisschen was ab. Und die Schwestern, Pfleger und Doktors, die sich in der Heiligen Nacht für die Kranken aufopfern, die haben nicht nur Respekt und Anerkennung verdient, sondern auch ein Stückchen Kuchen.

Ja, bei unseren «Dankstellen», die wir in der Woche vor dem Fest immer anfahren, sind Gläsers genauso gern dabei wie ich, da muss ich nicht lange bitten. Ach, überhaupt kann ich mich nicht beklagen, die beiden sind immer gefällig und wirklich verlässliche Kameraden. Kurt ist zur Stelle, wenn ich einen Fahrer brauche und wenn im Haushalt mal was Bestimmtes anliegt – ein Anruf bei Ilse genügt. Ilse macht ja gern Handarbeiten und schneidert sich von jeher alles selbst. Schon, als noch das Motto «Schlange stehen oder selber nähen» galt, hat Ilse gern an ihrer Singer gesessen. Den Stoff dafür kauft sie seit Jahren bei Gudrun Otterbein. Otterbein in der Langhansstraße, nicht verwandt oder verschwägert mit den Otterbeins, die die Bäckerei hatten. Ilse schneidert gern und mit Liebe, aber trotzdem bestelle ich in letzter Zeit doch lieber bei «Goldener Schnitt». Wissen Se, Ilse ist mein Jahrgang. Da verrutscht die Handarbeitsbrille doch mal, und die Ärmel sind nicht gleich lang, wenn die Bluse fertig ist. Wenn sie etwas Hübsches für die kleinen Geister von Stefan und Ariane zaubert, ist das ja egal, aber in meinem Fall … Wie dem auch sei: Was meinen Se, wie sich Ilse neulich gefreut hat, als der Eismann sie auf 70 geschätzt hat. Seitdem kauft sie alles bei ihm am Wagen, sogar geschnippelte Bohnen, die auf 6 Euro das Päckchen kommen, obwohl sie den

Keller voll mit Eingewecktem hat. Der junge Mann versteht sein Geschäft.

70, ich bitte Sie!

Auch bei Kurt mache ich mir immer wieder meine Gedanken, wie lange wir mit seinen 87 Lenzen – und da sind nicht nur Lenze, sondern auch Herbste dabei – noch … noch Gutes von ihm haben. Letztes Weihnachten dachte ich schon … Aber lesen Sie selbst, wie der Filou uns alle verklappst hat:

Heute Beerdigung,
morgen Silvesterfest.
Die Musik ist anders,
aber der Kuchen ist
vom gleichen Bäcker.

Berlin-Spandau und Umgebung, 2018

Die letzte Geschichte, von der ich Ihnen berichten möchte, ist erst vergangenes Jahr passiert. Da muss ich mich nicht lange aufhalten und groß erklären, wer mit von der Partie war, meine Leutchen kennen Se ja alle, nich wahr? Ilse, Kurt und Kirsten? Das sagt Ihnen was. Aber ich schreibe, wenn wir drauf kommen, doch noch kurz dazu, wer sie sind, lassen Se mich nur erst mal anfangen.

Sie kennen mich, bei mir kommt nur beste Ware auf den Tisch. Wenn man sich schon die Arbeit macht mit einem Gänsebraten, dann soll das Fleisch auch von guter Qualität sein. Wenn die

Gans gesund gefüttert wurde und im Sommer Auslauf hatte, dann jammert hinterher auch keiner über Bauchschmerzen oder Völlegefühl, nachdem es noch den Verdauungskorn gegeben hat. Bei dem Industriefleisch aus dem Tiefgefrierer in der Kaufhalle … nee, also für den Preis kann das doch nichts Vernünftiges sein. Ich bitte Sie, da ist Mehrwertsteuer drin, davon will der Bauer leben, der Edeka, da muss der Lkw bezahlt werden, der die Tiere von sonst woher ankarrt, dazu der Schlachter und auch die Verpackung. Wissen Se, ich bin jetzt keine Bio wie meine Tochter Kirsten, aber ein bisschen Verantwortung und Nachdenken muss schon sein. Jedenfalls nehme ich die Gans schon seit JAHREN immer von einem Freund von Kurt aus dem Brandenburgischen ab. Kurt ist ja mit seinen Karnickeln da im Verein, und wenn man auf dem Land einen Garten und ein bisschen Platz hat, züchten die alten Herren eben nicht nur Rammler und Ricken, sondern halten sich auch ein paar Hühner. Na ja, und so eine wunderbare kräftige Hühnerbrühe ist auch nicht zu verachten an kalten Tagen! Ach, herrlich, mit schön viel Gemüse drin – wunderbar. Lothar, das ist der Karnickelzüchter aus Kurts Verein, und seine Frau Inge halten aber eben nicht nur Hühner und Karnickel, sondern fingen irgendwann auch mit Gänsen und Enten an. Na, einen Hund hatten sie auch, und zwei Katzen sprangen da rum – wissen Se, das ist ja für so ein Stadtkind, wie es die kleine Lisbeth ist, fast wie ein Zoo. So sind wir schon immer im Frühjahr raus zu Lothar nach Schlochmannsdorf gefahren, um die Bestellung aufzugeben und mal gute, kräftige Landluft um die Nase zu haben. Das liegt eine gute Stunde vor Berlin. Die kleine Lisbeth darf aber nicht bei Kurt im Auto mitfahren, da ist die Ariane rigoros. Da zieht sie die Lippen schmal und hält mir einen Vortrag, dass es unverantwortlich ist, dass der Mann mit seinen neun Dioptrien überhaupt noch fährt und dass es schlimm genug ist, wenn er Leib und Leben von sich und uns ollen Frauen aufs Spiel setzt. Ich halte dann meist den Mund. Im Grunde hat das Mädelchen ja recht, das ist auch einer Renate Bergmann wohl bewusst. Trotzdem ist es schön, wenn die beiden Kleinen auch mal richtige Tiere sehen, und nicht immer nur die schmuddeligen Tauben in der Großstadt. Obwohl, letzthin hatten die jungen Leute nachts ungebetenen Besuch von einer Rotte Wildschweinen, die die schöne Streuobstwiese hinter ihrem Häuschen umgegraben haben. Das kann man nun aber auch nicht als «die Kinder haben Kontakt zu Tieren» gelten lassen. Stefan und Ariane sind mit den kleinen Mädelchen rausgedüst zu Inge und Lothar, sie haben schöne Grüße bestellt von uns und sich alles angeschaut. Lisbeth hat Katzen gestreichelt und wollte ihnen auch Zopfhalter an den Schwanz knüppern, aber da nahmen die Reißaus und brachten sich in der Scheune in Sicherheit.

Man muss bei Lothar deshalb im Frühjahr anmelden, ob man eine Gans zum Fest haben will, weil er die nur auf Bestellung füttert, wissen Se. Inge schimpfte jedes Jahr döller, dass es ihr zu viel wird, weil die Gössel nämlich nicht nur morgens ab um vier ordentlich Radau machten in ihrem Verschlag, sondern auch wegen der Schiete, auf der man tüchtig ausrutschen kann. Zwar trieb Lothar die Viecher täglich im Morgengrauen rüber zum kleinen Weiher, wo die Enten und Gänse im Wasser schlabberten und sich kräftige Brüste und Keulen anfutterten, aber sie mussten über den Hof, wo Inge die Geranienkübel stehen hatte, und da ließen sie eben was fallen und das sah … nicht so schön aus. Inge wurde regelrecht verbiestert im Laufe der Jahre und schimpfte nur noch, fast war ihr Gezeter lauter als das der Gänse.

Na ja, Sie kennen das ja auch, wie das mit alten Leuten ist – irgendwann gehen die Wehwehchen los, und im Winter beguckte der Doktor Lothars Knie und sprach: «Da müssen wir was machen.» Da war das Knie dicke, im wahrsten Sinne des Wortes, und gleich im Frühjahr musste er zur Oh-Pe. Sie haben ihm ein künstliches Kniegelenk eingesetzt, das nicht so auf dem Knochen schrappt. Inge kam das gerade recht, um den Zoo ein bisschen auszudünnen: Hund und Katzen durften bleiben und auch sechs Hühner (gerade so, dass es für ein paar frische Eier zum Backen und für das Sonntagsfrühstück reicht, aber auch nicht mehr, als der Lothar nach seiner Reha auf Krücken versorgen konnte). Aus Inge wurde so wieder ein richtiger Sonnenschein. Sie strahlte mit ihren gestreiften Geranien, die sie aus Holland hatte schicken lassen und uns stolz zeigte, um die Wette, als wir sie wegen der Bestellung besuchten. Nirgendwo lag Entenschie… also, der Rasen war grasgrün.

«Nein», sagte sie freundlich, aber sehr bestimmt. Lothar zeigte stolz, dass er mit dem Knie schon 100 Grad Beugung schaffte, aber das nützte alles nichts. «Nein, keine Gänse mehr», blieb Inge dabei, «die Schweinerei auf dem Hof und die viele Arbeit – nein. Wofür denn? Wir machen uns noch ein paar schöne Jahre ohne Gänseschiete auf dem Hof.»

Unsere Bratenquelle war versiegt. Ich redete mit Engelszungen auf Inge ein, aber sie blieb eisern, genau wie Fräulein von Schwarz, unsere Internatsmutter auf der Bräuteschule, wenn ich um längeren Ausgang bat. Ich machte Inge Komplimente für die Balkonkästen und schwärmte schon fast übertrieben, was für eine Pracht die Geranien waren, für die der Gänsemist sicher günstigen Dünger abgä… aber es führte kein Weg zur Gans. Kurzum: Es war ein wirklich netter Besuch, aber Gänse und Enten zum Weihnachtsfest sprangen nicht dabei raus. Lothar erzählte, dass er für den Eigenbedarf nun selbst bei einem Züchterfreund bestellt hatte. Der nahm aber nun, wo es schon auf den Frühsommer ging, keine Bestellungen mehr an, und bei uns pressierte es also wirklich.

Ja, so kann es kommen, wenn man sich nicht beizeiten kümmert! Ich hatte immer darauf gedrängt, so eine wichtige Angelegenheit nicht auf die lange Bank zu schieben, aber Sie wissen ja, wie Männer sind.

Frühjahr und Frühsommer vergingen mit Gardinenwaschen, Obsternte und ein paar Ausfahrten im Koyota.

«Nun macht mal keine Hektik, Frauen», sprach Kurt noch im August zu Ilse und mir. *Noch im Au-*

gust, denken Se sich das mal! Da hatten wir den Rotkohl schon fertig gekocht und eingefroren.

Im frühen Herbst rief mich Ilse an. Es war schon achte durch an dem Abend, da schellte der Apparat. Ich dachte noch so bei mir: «Wer ruft denn um diese Zeit noch an?», und wollte erst gar nicht rangehen, aber man ist ja doch neugierig. Dann stand da «ILSE» am Schildchen über den Wähltasten, deshalb hob ich ab.

«Renate, mach dir keine Sorgen mehr, wir haben eine Gans!», rief Ilse erleichtert in den Apparat. Kurt war nämlich auf der Karnickelversammlung gewesen. Also, genau genommen versammeln sich da nicht die Karnickel, sondern die alten Herren, die sie im Stall halten. Nicht, dass Se denken, da treffen sich Zauberer, und es werden Kaffeebohnen auf den Tisch gekötelt … nee, nee. Es sitzen nur die ollen Rochen beisammen und reden darüber, wie die Würfe so sind und wer dran ist mit Fahren, wenn es zur Ausstellung geht. Jedenfalls hat unser Kurt – in dem Punkt ist ja Verlass auf ihn! – rumgehorcht, wer denn wohl jemanden weiß, der für das Fest zwei schöne Gänse abzugeben hat. Na, und wie der Zufall es wollte, hatte einer der Männer ein paar Viecher mehr laufen. Man weiß ja nie, ob der Habicht nicht ein paar Jungtiere holt, ob sie wegen später Fröste eingehen oder sonst was, jedenfalls hatte der noch ein paar Reservebraten auf der Wiese, von denen er uns nun zwei versprach. Kurt ließ uns gleich aufschreiben und machte aus, dass wir am 24., also direkt am Heiligabend, vorbeikämen und die Tiere geschlachtet und ausgenommen abholen würden. Vorauskasse wollte er nicht, unter Züchterfreunden wäre das Ehrensache, wir sollten erst bei Abholung zahlen.

Ach, die Erleichterung war groß, das kann ich Ihnen sagen. Auch wenn es mir fast zu knapp war, erst am 24. zu fahren, hielt ich den Mund. Man musste dankbar sein, dass es doch noch geklappt hatte, und wenn die Gänse schon geschlachtet waren und wir das nicht erst noch selbst erledigen müssten, würde schon alles gutgehen und wir am Heiligen Abend einen herrlichen Braten haben.

So ein Jahr vergeht ja wie im Fluge. Ich sage es Ihnen, eben ist noch Frühjahr, und ehe man es sich versieht, stehen im Juli die Kalender für das nächste Jahr im Geschäft, im August die Marzipankartoffeln, na, und wenn Se im Oktober bei der Doktorn mit dem Rezept für die Blutdruckpillen zum Quartal rausgehen, dann wünscht Schwester Sabine schon schöne Feiertage und einen guten Rutsch und schreibt einen für Anfang Januar in das neue Terminbuch.

Der Advent kam, wir sangen, buken und bastelten, und am Heiligmorgen wollten wir uns aufmachen, die Gänse zu holen. Heiligabend, morgens, also … Sie wissen schon. Genau so war es ausgemacht, aber wie so oft macht das Leben ja, was es will. Die Pläne von ollen Leuten interessieren da nicht.

Es ging schon damit los, dass wir nicht pünktlich wegkamen. Gläsers Tochter, die Sigrid, wollte über Weihnachten in den Urlaub. Sigrid ist alleinstehend und kinderlos, wie meine Kirsten, aber seriös. Sie ist Steuerberaterin. Die kann einem eine Stunde lang einen Vortrag halten, wie viel Mehrwertsteuer auf einen Weihnachtsbaum kommt. Das hängt nämlich davon ab, ob er aus Plastik ist oder aus dem Wald. Und auch davon, wer Ihnen den verkauft, der Landwirt oder der Baumarkt. Wenn der Weihnachtsbaumbauer dann noch pauschal veranlagt statt regelmäßig … hören Se mir auf, ich stelle mich wirklich nur ungern und im Ausnahmefall schwerhörig, aber ich konnte diesen Blödsinn nach ein paar Minuten einfach nicht mehr ertragen und lächelte nickend. Es war wirklich sehr langweilig! Wenn

Se mich fragen: Kein Wunder, dass die keinen Mann hat. Wer hört sich denn schon gerne stundenlang Tiraden über Weihnachtsbaumsteuern an? Jedenfalls wollte die sich aus dem Staub und der Sonne entgegen machen. So sind se, die jungen Leute: Lieber holen die sich rote Sonnenbrandpusteln unter Palmen, als dass sie das Hohe Fest des Heilands mit den gebrechlichen Eltern feiern. Aber es führte kein Weg unter die elterliche Tanne, die Sigrid hatte Strand gebucht und Ilse und Kurt gebeten, bei ihr im Haus nach dem Rechten zu schauen. Da sind Gläsers doch gefällig und lassen sich nicht lange bitten. Ilse weiß auch, wie Blumen gegossen werden, und braucht dafür keine große Einweisung. Sie hat den grünen Daumen und ist nicht wie die Meiser oder die Berber, denen man erst lang und breit den Unterschied zwischen Alpenveilchen und Dieffenbachie beibringen muss. Die Gläsertochter kam auf dem Weg zum Flughafen jedenfalls bei Ilse und Kurt vorbei – natürlich auf den letzten Drücker – und gab den Schlüssel ab. Es war noch Zeit für ein schnelles Küsschen links und ein ebensolches rechts, dann entschwand sie vorfreudig-aufgeregt. Ilse und ich hatten die Wartezeit über natürlich nicht unnütz in der Küche rumgeloddert, sondern die Damasttafeltücher für den Weihnachtsabend noch mal geplättet. Aber nun, wo Sigrid da gewesen war, konnten wir endlich los.

Aber dann kam es so: Ilse stutzte und guckte das kleine Schlüsselbund, das Sigrid ihr in die Hand gedrückt hatte, verwirrt an.

«Da ist doch gar kein Schlüssel dran!», sagte sie stirnrunzelnd.

Ich rückte die Lesebrille auf der Nase zurecht und guckte auch. Dem Himmel sei Dank hatte ich die richtige Brille wieder zurück, was meinen Se, was für ein Durcheinander es zuvor gab! Am 1. Advent hatten wir Rentner uns zum Kaffee getroffen. Wie das immer so ist, nach der ersten Tasse Krönung wurden die Fotos von den Enkeln und Urenkeln gezeigt, und jeder kramte sein Nasenfahrrad aus der Tasche. Dabei ist irgendwie alles so über quer geraten, dass wir auch mit der Telefoniererei am Abend nicht mehr rausfinden konnten, wer wessen Brille eingesteckt hat. Jeder hatte irgendeine, und keiner konnte mehr richtig gucken! Wir mussten uns am 2. Advent noch mal treffen, zum «Brillentauschbasar bei Kaffee und Plätzchen», sozusagen.

Es stimmte, statt eines Schlüssels hatte Sigrid nur einen kleinen runden Pibbes dagelassen, fast wie ein Einkaufswagenschips. So was hatte ich auf dem Kreuzfahrerdampfer aber auch schon mal. Das ist ein Schlüssel mit Internetz oder so. Wenn man den gegen die Tür hält, geht die auf. Aber auch nur die eigene, nicht die vom Nachbarn. Da können Se gegen die Pforte rammeln, wie Se wollen, die bleibt verschlossen, da hilft auch nicht «Simsalabim» oder «Sesam, öffne dich» sagen und mit dem Fuß aufstampfen wie Rumpelstilzchen. Aber mein Ilschen war skeptisch.

Ihr ließ das gar keine Ruhe, und sie meinte, wir sollten gleich hinfahren und probieren, ob das wohl auch stimmte, falls die Sigrid was durcheinandergebracht hätte, wäre wenigstens noch die Schangse da, zum Flughafen zu düsen, mit ihr zu sprechen und ihr die Schlüssel abzunehmen. Ich frage Sie: Wann hat man schon Gelegenheit, sich ungestört im Eigenheim der Kinder umzuschauen? Also sind wir rein in den Koyota und sachte – es hatte vor ein paar Tagen geschneit, und Kurt fuhr besonders vorsichtig – hin zum Haus der jungschen Gläsern. Na ja, jung … sie geht nun auch auf die 60 zu. Ja, was soll man machen? Wir werden alle nicht jünger, und aus Kindern werden Leute! Dabei hat mir Ariane letzthin etwas auf dem Telefon gezeigt, mit dem man 20 Jahre jünger aussieht. Es heißt Filter, und ich wirkte dahinter wie Helene Fischer mit weißen Haaren. Denken Se nur! So ein Blödsinn. Mich gibt's nur mit Falten, ich will keinen Filter. Ich habe drei Dioptrien, das ist auch fast ein Filter! Allerdings: Der Tach hätte Weihnachten sein müssen, da lagen meine Haare anständig. Wer weiß, ob ich das am Heiligen Abend wieder so hinkriege. Aber ich schweife ab.

Es war genau, wie ich mir gedacht hatte, man musste den Pibbes nur vor das Schloss halten und ein bisschen wackeln, und bums, ging die Türe auf. Wo wir schon mal da waren, wollte Ilse gleich noch mal kontrollieren, ob Sigrid auch den Herd ausgestellt hatte und ob vielleicht noch irgendwo der Wasserhahn lief. Da sind wir Frauen doch alle gleich, nich wahr? Ich habe da auch immer keine Ruhe und sorge mich manchmal den halben Urlaub lang. Stefan hat mir aber einen Tipp gegeben. Der Lauser sagte neulich zu mir: «Tante Renate, du hast doch das Handy. Bevor du die Haustür abschließt, machst du einfach ein Bild von den Knöppen am Herd. Dann kannst du dir jeden Abend vorm Einschlafen angucken, wie schön aus der Herd ist.»

Ja, da hat der Junge recht. Das hat mich in der Tat schon einige Male beruhigt. Aber trotzdem, ob man an das Bügeleisen gedacht hat, sieht man am Herdbildchen nun auch nicht … es ist eine

Krux. Jedenfalls machte Ilse einen Rundgang durch Sigrids Haus und mahnte: «Renate, fass bitte nichts an.» Im Grunde ist es eine Frechheit, dass meine Freundin so was zu mir sagt. *Zu mir!* Als würde ich rumschnüffeln und meine Nase in Dinge stecken, die mich nichts angingen. Sigrid hatte tatsächlich noch unerledigte Bügelwäsche stehen, überlegen Se sich das mal. Die war in den Urlaub geflogen, während da noch Plättwäsche rumstand! Weil Ilse so hässlich zu mir war, erlaubte ich mir, sie abfällig und vorwurfsvoll anzugucken. Sie schämte sich in der Tat sehr, in der Erziehung so versagt zu haben. UNGEBÜGELTE WÄSCHE! Sonst war aber alles in Ordnung, soweit man das auf den ersten Blick sehen konnte. Der Mülleimer war ausgeleert, im Kühlschrank war nichts, was hätte Schimmel ansetzen können, und die Antennenlitze vom Fernseher zog Kurt raus.

Auf einmal, wir waren schon an der Haustür und wollten gerade los, brummte es leise hinter uns.

Wir gucken uns alle drei erschrocken an und dann um. Kurt sah das Ding als Erster: Eine Art Tortenplatte auf Rädern zuckelte über das Parkett und stoppte kurz vor der Scheuerleiste. Das Ding sah wie eine elektrische Schildkröte aus.

Kurz stoppte das Gerät, wendete, wobei auf dem Rücken ein paar Lämpchen blinkten, ruckelte aufgeregt und fuhr Richtung Anbauwand weiter. Dabei drehten sich kleine Bürstchen. Wir waren inzwischen alle drei auf die Knie gegangen und beäugten den Apparat. «Das ist bestimmt so ein Staubsauger, der alleine sauber macht», flüsterte ich Ilse und Kurt zu. Ich weiß auch nicht, warum ich leise sprach, schließlich war das Ding ja nicht gefährlich. Aber wenn man so was noch nie gesehen hat und sich erschrickt, kann man schon mal ein bisschen eingeschüchtert sein. «Nicht bügeln und auch noch zu faul, selber Staub zu saugen», schoss es mir durch den Kopf, als wir drei uns gegenseitig hochgeholfen und die Kleider abgebürstet hatten. Richtig reine machte der Wundersauger nämlich offen-sicht-lich nicht: Kurt hatte eine dicke Wollmaus auf der guten Hose, und Ilses Rock war ganz krümelig. Wie dem auch sei. Ich sage dazu nichts.

Irgendwie haben wir dann nicht aufgepasst. Wie es genau passierte, weiß ich bis heute nicht und kann es beim besten Willen nicht sagen, selbst wenn Se mich schlagen, aber während wir noch überlegten, wie man wohl mit dem Interwebsschlüssel die Tür zukriegt und ob man da was drücken muss, sauste der Zauberrobbotter zwischen Ilses Beinen durch raus auf die Auffahrt. Und ehe wir es uns versahen, war das Ding vorne auf dem Bürgersteig und zack! auch außer Sichtweite. Kurt ist gleich hinterher, aber ob sich der Sauger nun in die Hecke geschlagen hatte oder sogar auf die Chaussee gerollt war, konnten wir nicht sehen. Es lag ja auch überall Schnee, und da geht so ein Wunderapparat eben mal verloren. Das teure Ding war wie vom Erdboden verschluckt. Wissen Se, wenn eine Katze wegläuft oder ein Hund, dann können Se suchen und mit Leckerli locken. Man läuft durch die Straße, ruft den Namen, und mit ein bisschen Glück können Sie das Tier wieder in die Arme schließen (oder Sie müssen den Spaten holen und es von der Straße kratzen). Man kann auch Zettel an die Bäume heften, dass die Minka weg ist, oder im Tierheim anrufen. Aber was macht man, wenn so ein Roboter-Staubsauger entlaufen ist? Rufen und mit Staubflusen locken nützt da ja nichts. Wo meldet man denn den Verlust, frage ich Sie? Das Gerät hatte ja nicht mal eine Rufnummer auf dem Rücken, durch die sich der Besitzer ermitteln ließe!

Das Ding blieb stundenlang verschwunden. Wir hatten extra noch unter allen Kommoden im

Haus gesucht und sogar in der Schlafstube unterm Bett, was man ja eigentlich nicht tut. Da lag übrigens Sigrids Koffer, wissen Se, ich fragte mich, womit die in den Urlaub geflogen war. Wahrscheinlich nur mit Badeanzug und Zahnbürste. Nee, diese jungen Dinger! Aber wenn dieses Höllending, das nun bestimmt viel Geld gekostet hat, verschwunden war, was bleibt einem übrig, als sogar unter den Möbeln zu suchen? Viel stand da sowieso nicht. Ich habe schon viel von Kirsten gelernt, was Schenk Pfui angeht: Wenn die Möbel so stehen, dass man sich ständig die Knie anstößt, ist es richtig. Oder wenn alles ganz kahl ist, wie in der Aussegnungshalle: Das ist auch gut.

Ilse war jedenfalls ganz aufgelöst. Ich überlegte noch, es beim Fäßbock einzuschreiben: «Staubsauger mit Interweb entlaufen, sachdienliche Hinweise an eines unserer Aufnahmestudios …»

Nee. Entschuldigung, ich bin in Gedanken abgeschweift. So machen die das ja nur bei Aktendeckel XY. Aber ein Verbrechen gab es hier ja nun nicht. Es müsste wohl besser heißen:

«Sachdienliche Hinweise an Renate Bergmann, gern auch vertraulich.»

Aber wie hätte man das Ding bloß beschreiben sollen? «Es sieht aus wie eine Schildkröte und summt leise, und wenn es gegen Füße fährt, kitzelt es kurz?» Nee. Das ging nicht. Ich hätte mich ja lächerlich gemacht. Wir überlegten ein Weilchen, wie weit so ein Gerät überhaupt kommt? Der Strom reicht doch nicht ewig! Andererseits war es wohl so, dass die Sigrid ihre Haustüre auch von unter den Palmen öffnen kann, denken Se nur. Alleine mit ihrem Tomatentelefon! Diese Technik, nee. Immer wenn man glaubt, man hat sie ein bisschen verstanden, kommt wieder was Neues. Nach dem Buntfernsehen kam Fernbedienung, und so geht die Entwicklung nun schon jahrelang. Ach, es war eine verzwickte Lage.

Ilse hatte Tränen in den Augen. Teelöffelweise habe ich ihr Klosterfrau Melissengeist aus meiner Handtasche gegeben, damit sie wieder zu sich findet, die Frau zitterte nämlich am ganzen Körper und war kaum zu beruhigen.

Wir mussten aber allmählich in die Strümpfe kommen und uns auf den Weg machen, um die bestellten Gänse abzuholen. Es wurde allerhöchste Eisenbahn. Den Schildkrötensauger würden wir erst mal seine Bahnen ziehen lassen.

Als wir wieder im Koyota saßen und es losgehen sollte, war Kurt verdächtig stille. Er sagt ja nie viel, aber das hier war anders still. Wie ein Hund, der heimlich die Leberwurst aufgefressen hat und genau weiß, dass das unrecht war. Irgendwie komisch. Ilse war so beschäftigt mit Abschließen, Rumwundern und Ausschau nach dem entlaufenen Staubrobbotter halten, dass sie gar nicht richtig mitbekam, dass etwas nicht stimmte.

Kurt saß hinterm Steuer, wir waren alle drei angeschnallt. Ich hatte es mir hinten auf meinem Keilkissen bequem gemacht, und Ilse saß vorn. Also, alles wie immer – aber Kurt fuhr nicht los.

«Wo geht es denn jetzt eigentlich hin?», fragte ich. Nicht, dass ich mich groß auskenne mit den Straßen, aber es ist doch gut zu wissen, was unser Ziel war.

«Na, zu Keule!»

«Keule. Der Herr heißt Keule?» Ilse zog die Lippen schmal und legte die Stirn kraus.

«Alle nennen ihn so.»

«Und wie heißt er richtig?»

Kurts Blick blieb leer.

«Alle sagen nur Keule.»

«Aha. Na, wenn wir vor dem Klingelschild stehen, fällt dir der richtige Name bestimmt wieder ein, Kurt. Wo wohnt denn der Herr?»

«Er sagte, er ist bald eine Dreiviertelstunde gefahren bis zum Vereinsheim.»

Mir schwante langsam, was das werden würde.

Kurt hatte bei einem Kerl, den alle «Keule» nannten und von dem er nicht mal genau wusste, wo er wohnte und wie er richtig hieß, zwei Gänse bestellt. Na, das konnte ja heiter werden. Ilse fing sofort das Schimpfen an.

«Ich hätte es wissen müssen, Kurt, man kann sich einfach nicht auf dich verlassen. Ach, es ist doch immer dasselbe! Ich hätte auf Mutter hören sollen, die war ….»

«Ja, Ilschen, deine Mutter war gegen eine Ehe mit Kurt, aber nun seid ihr bald vor der Gnadenhochzeit. Nun lass doch die ollen Kamellen mal ruhen», schaltete ich mich von der Rückbank ein.

Ilse schnäuzte in ihr umhäkeltes Spitzentaschentuch.

«Ich sehe uns schon Tütensuppe essen!», brach es aus ihr heraus. Kurt hatte den Wagen angelassen und fand auch gleich den richtigen Gang. Immerhin! An so einem gebrauchten Tag musste man sich auch über Kleinigkeiten freuen, die klappen.

«Wir fahren jetzt erst mal los», brummte er entschlossen. «Hör auf zu flennen, Weib, und guck ein bisschen mit auf den Verkehr.»

Ilse achtete aber gar nicht richtig auf die Strecke, sondern hielt nach dem Staubsauger Ausschau. Die war mit den Gedanken gar nicht richtig bei uns. Also habe ich hinten im Fond des Wagens auf dem Händi geguckt, was so alles eine Dreiviertelstunde von Spandau weg liegt. Das ist ja nicht so leicht zu schätzen, und man muss Vieles bedenken! Wenn der Herr Keule so vorsichtig fährt wie Kurt, sind es vielleicht 30 km, ist er ein sportlicher Fahrer, wie, sagen wir mal Stefan, schafft er hingegen auch 50 km in der Zeit. Da ist man ja schon fast im Märkischen. Ich zählte alle Orte auf, die mir das Fernsprechgerät auf der Karte anzeigte, aber Kurt schüttelte nur unwirsch den Kopf. Die meisten kannte er und konnte auch aufsagen, welcher Herr aus dem Verein da wohnte, welche Rasse er züchtete und in welchem Jahr er mit welcher Häsin den großen Bezirkspokal gewonnen hat, aber mit Keule und den Gänsen brachte er keines der Dörfer in Zusammenhang. Ilse suchte derweil auf der Straßenkarte, die sie aus dem Handschuhfach gekramt hatte. Sie verhedderte sich mit dem Ding jedoch ganz fürchterlich. Eigentlich müsste se wegen ihres regelmäßigen Umgangs mit Schnittmusterbogen ja gut mit so großen Papieren klarkommen, aber sie verwurstelte sich so, dass sie mit der linken Hand bei Potsdam und mit dem Kopf bei Warschau rauskam. Sie war wirklich keine Hilfe.

Gott sei Dank war offenes Wetter. Es hatte zwar in der Woche zuvor geschneit, aber die Straßen waren frei. Die Sonne glitzerte durch die schneebeladenen Wipfel der Straßenbäume, und es hätte eine wunderschöne Landpartie sein können, wenn wir denn gewusst hätten, wo wir hinwollen. Nachdem wir eine knappe Stunde gefahren waren, hielten wir in jedem Ort an, der kam. Der Brandenburger ist ja Fremden gegenüber erst mal skeptisch, deshalb machten auf unser Läuten hin gar nicht erst viele auf. Einen Herrn Keule, der Karnickel züchtet und Gänse mästet, kannte niemand. Wenn denn mal jemand die Tür öffnete, fragte ich nämlich sogleich, ob sie nicht wüssten, wo man denn zwei Gänse, nach Möglichkeit geschlachtet und bratfertig zerlegt, kaufen könnte. Ich sage Ihnen das ganz ehrlich, ich glaubte im Leben nicht daran, dass wir den Herrn Keule jemals finden würden. Der konnte ja überall wohnen! Eine Dreiviertelstunde von Berlin, ich bitte Sie, wer da zügig fährt, ist doch fast schon in Polen! In den ersten vier Dörfern erzählte Ilse noch die ganze Geschichte, was es damit auf sich hatte und wie es dazu kam, aber wissen Se, das ließ die Leute nur komisch gucken. Erst recht, wenn sie dann noch fragte, ob sie nicht zufällig auch noch einen entlaufenen

Staubsauger gesehen hatten. Eine junge Frau fragte sogar, ob sie jemanden verständigen soll, der uns ins Heim zurückholt. Man kann es ihr nicht verdenken, im Gegenteil, eigentlich muss man es ihr sogar hoch anrechnen. Stellen Se sich das doch mal vor: Zwei Omas und ein Kurt klingeln und fragen nach einem Herrn Keule, von dem sie nicht mal wissen, in welchem Ort er genau wohnt, und ob Sie nicht zwei Gänse übrig haben. Was würden Sie da denken?!

Wissen Se, ich machte mir wirklich Sorgen um Kurt. Lassen Se ihn sein, wie er will: Er sagt ja nie viel, ist knurrig und eben ein oller Mann, aber er ist doch im Oberstübchen noch auf Zack! Dass der sich nicht an den Gänse-Keule erinnerte? Da war doch was faul!

Die Uhr ging jetzt auf halb vier, und es wurde langsam schummerig. Dazu war auch noch Neuschnee vorhergesagt. Ilse und ich entschieden, dass es besser wäre, umzukehren und nach Spandau zurückzufahren. Kurt guckte zur Uhr und nickte beipflichtend. Ihm huschte dabei so ein ganz kleines Zucken über die Mundwinkel, das mich verwirrte, aber es war so eine Aufregung, dass ich gar nicht groß darüber nachsann, warum der Kerl auch noch lachte. Es war jetzt auch nicht der richtige Zeitpunkt, um ihm Vorwürfe zu machen. Erst wollten wir mal sicher nach Hause kommen. Meine Händibatterie war fast bei null, und der Stärkungskorn ging auch zur Neige. Ilse guckte die ganze Zeit über abwechselnd aus dem Fenster, wo sie nach dem Staubsauger Ausschau hielt, und auf die Tankanzeige. Kurt fährt zwar gesittet, und der Koyota ist ein sparsamer Wagen, aber trotzdem: Vorsicht ist die Mutter der Porzellanvase. Kiste. Stellen Se sich mal vor, man bleibt irgendwie in einem Dorf liegen! Ausgerechnet zu Weihnachten! Da brauchen Se auch keine AC/DC anrufen, wegen «Benzin ist alle» kommen die nicht raus!

Die Rückfahrt ging jedoch gut voran, wissen Se, «BERLIN» ist ja meist ausgeschildert. Solange Ilse nicht «links» und «rechts» durcheinanderbringt, geht das ohne Zwischenfälle, und irgendwann kommt man in Berlin auch an einen Punkt, von dem an sich Kurt auskennt und den Weg weiß. Er ist ja kein Dummer nicht! Ich überlegte die ganze Fahrt über fieberhaft, was wir nun kochen würden. Hatte ich nicht noch Lammbraten eingefroren?

Das Lamm … ach, das war noch von Ostern im Froster! Das hat Kirsten gebraten. Passen Se auf, die Geschichte erzähle ich Ihnen noch schnell:

Es war an Gründonnerstag, also ganz wenige Tage vorm Osterfest. Es erwischt einen ja immer, wenn man es am wenigsten gebrauchen kann: Gerade war ich mit dem Gröbsten durch und hatte die Fenster geputzt, die Schlafcouch in der Wohnstube weggerückt und auch dahinter mal richtig reine gemacht, da dachte ich: «Mensch, Renate, die Waschmaschinentrommel muss aber von innen auch noch mal ausgewischt werden.» Ja, lachen Se nicht! Wie schnell hat man unschöne Schlieren auf dem Edelstahl! Wie sieht denn das aus? Gerade, wenn an den Festtagen Besuch im Haus ist. Der eine oder andere geht doch mal austreten und guckt auf so was, da will man doch keinen verlodderten Eindruck machen. Bei jüngeren Leuten guckt da keiner so genau hin, die können sogar den Abwasch vom Frühstück stehen lassen oder, wie Ilses Tochter Sigrid, die Bügelwäsche und laufen trotzdem frei rum. Bei uns Alten hingegen wird immer gleich die Broschüre mit den 50 schönsten Seniorenresidenzen in der Umgebung auf den Tisch gelegt oder sogar mit der Fürsorge gedroht. Ginge es gerecht zu, müsste die Berber längst … aber es bringt ja nichts, wenn ich mich aufrege, da schießt nur der Blutdruck wieder hoch wie das Badethermometer, wenn man Heißes zulässt. Jedenfalls war ich gerade mit dem Kopf in der Trommel und polierte eine wirklich hässliche Stelle, als die Hexe zielte und schoss. Hat das geknackt im Rücken! Sicherlich kennen viele von Ihnen den Schmerz in der Sekunde, wenn der Hexenschuss einen erwischt? Dann können Se es nachfühlen. Wenn Se es nicht kennen: Sehnen Sie sich nicht danach! Es ist eine Erfahrung, auf die man gut verzichten kann. Ich bin vor Schreck auch noch hochgeschnellt und habe mir den Hinterkopf in der Waschtrommel gestoßen … da musste ich erst mal tief durchatmen und ganz langsam überlegen. Fragen Se nicht, ich bin irgendwie rückwärts aus dem Gerät rausgekrabbelt und habe es bis in den Flur ans Telefontischchen geschafft, wo der Fernsprecher steht und auch der Händi lag. Ich habe Stefan und Ariane als Kurzwahl gespeichert, wie natürlich auch Gertrud, Ilse und Kurt, Kirsten, die Doktorsche, Bestatter Rachmeier und die Lottoannahme. Frau Doktor Bürgel anzurufen machte allerdings gar keinen Sinn, die fährt seit *Jahren* nicht mehr zu Hausbesuchen, und einen Krankenwagen wollte ich nicht. Es waren schlimme Schmerzen, ja, aber kein Vergleich zu damals, als es mir die Hüfte zermalmt hat auf der Hochzeit vom Stefan. Ich wählte also STE-

FAN, und der gute Junge kam auch gleich. Mit viel Mühe bin ich noch vom Flur in die Schlafstube gekrochen, habe mich am Frisiertisch aufgesetzt und ein bisschen zurechtgemacht. Wissen Se, ich hatte ja noch Krümel vom Persil im Haar, roch nach Weichspüler und die Frisur war bald so platt wie bei der Katja Ebstein, so konnte ich nicht zur Doktorn. Ich schielte rüber zur selbstverständlich immer parat stehenden Krankenhaustasche, aber die würde ich hoffentlich nicht brauchen. Nee, die würden wir erst mal hierlassen. Im Fall des Falles könnte Stefan die noch rasch holen.

Hexenschuss ist ja für Frau Dr. Bürgel wie Zucker oder Blutdruck: Sie hört nur das Wort, und schon schreibt ihre rechte Hand wie automatisch das Rezept. «Dreimal täglich zwei IBU, Frau Bergmann. Ich schreibe Ihnen auch noch was für den Magen auf, damit Sie die besser vertragen. Dazu Ruhe und Wärme. Schonen Sie sich, und wenn die Blockade raus ist und Sie wieder aufrecht gehen können, fangen wir nächste Woche mit Physio an.» Sie guckte nicht mal hoch, während sie schrieb, geschweige denn, dass se mich untersuchte. «Schöne Feiertaaaaaage», flötete sie noch hinterher, aber es hatte einen ganz deutlichen Unterton, der sagte: «So, und nun raus hier, ich habe noch mehr zu tun und will heute auch mal früher nach Hause.»

Die hatte gut reden. «Schonen Sie sich und entspannen Sie mal.» Entspannen! Wo doch Kirsten kommen wollte über die Ostertage. Das Mädel ließ sich doch jetzt nicht mehr stoppen. Ich kenne meine Tochter, die lässt sich kein X für ein U vormachen. Das hat se von mir! Die würde ich mit keiner noch so geschickten Ausrede der Welt davon abhalten, nach Berlin zu kommen. Es ist ja auch rührend, dass sie, wenn es der Mutti schlechtgeht, sofort zur Stelle ist. Aber es bringt eben auch immer wieder Tohuwabohu in den Betrieb hier und alles andere als Entspannung.

Es braucht, da hatte die Doktorn schon recht, Ruhe, Wärme und Geduld, wenn man Rückenschmerzen hat. Ich nahm brav die Tabletten – zusätzlich zu denen für den Zucker und den Blutdruck – und überlegte, dass Oma Strelemann immer davon gesprochen hatte, wie sehr ein Katzenfell hilft. Katerle wollte aber nicht kuscheln. Männer eben, wenn se nicht wollen, dann wollen se nicht! Ich überlegte, ob ich ihn vielleicht mit einem Scheibchen Fleischwurst bestechen sollte, aber denken Se sich mal, wie das ausgesehen hätte: Ich, mit angeknackstem Rücken, eine Scheibe Fleischwurst auf den Lendenwirbeln. Nee, ich blieb beim Körnerkissen. Das machte ich alle Stunde im Backofen heiß. Kennen Se bestimmt auch, nich wahr? Ilse näht mir die Dinger jedes Jahr neu. Ein, zwei Pfund frisch gedroschener Roggen werden in ein altes Handtuch eingenäht und bei Verspannungen oder Blockaden heiß auf die schmerzende Stelle gelegt. Das gibt wunderbare Wärme und tut gut! Als ich in der Küche stand, um mir mein Körnerkissen wieder heiß zu machen (man muss aufstehen und langsam umhergehen, ein bisschen Bewegung ist ganz wichtig, sonst wird man immer steifer!), kam Kirsten schnuppernd in die Küche und sagte: «Das riecht aber verführerisch, was hast du denn Leckeres gekocht?» Ach, diese Weganer! Ich habe herzlich gelacht, aber nur vorsichtig, denn wenn man sich zu viel und zu ruckartig bewegt, schmerzt der Rücken nur noch mehr. Das Kind hatte auch gleich nach meinem Anruf Blumen geschickt. So ein Blödsinn, der Blumenbote läutete erst, als sie selbst schon hier war! Sogar ein Kärtchen war bei dem Gebinde dabei, auf dem stand, dass es Bio-Blumen waren. Das konnte se aber vergessen, dass ich die esse, ich hatte noch Eintopf, und den kann man auch mit maladem Rücken warm machen!

Ilse und Kurt kamen auch auf Krankenbesuch.

Ilse brachte mir sogar ein neues Körnerkissen mit. Dieses Mal hatte sie kein ausrangiertes Handtuch genommen, was im Grunde gut für so was taugt und so noch eine sinnvolle Verwendung findet, sondern einen mit Frühlingsblumen übersäten Stoff. Es sah fast so aus wie die Leckings von der Berber. Und neben dem Roggen hatte sie auch noch eine Zimtstange und ein bisschen Nelke mit reingetan. Es duftete ganz wunderbar weihnachtlich, und das einen Tag vor dem Osterfest. Ich war verwundert, aber doch auch ganz beseelt und glücklich, eine Freundin wie Ilse zu haben, die so schöne Sachen für mich näht und sich kümmert. Das Körnerkissen duftete wie gesagt weihnachtlich, jedenfalls solange es kalt war. Ilse hatte es mit den Nelken ein bisschen übertrieben, und als ich es das erste Mal heiß machte, müffelte die ganze Wohnung wie eine Zahnarztpraxis. Kennen Se doch auch, nich wahr? Diese provisorischen Füllungen. Also, zu der Zeit, als meine Zähne noch plombiert wurden, hat man die jedenfalls genommen. Katerle fauchte, und Kirsten riss das Fenster auf. Dieses Körnerkissen war nicht nach ihrem Geschmack. Was haben wir gelacht, ich sage Ihnen, so nah habe ich mich Kirsten seit JAHREN nicht gefühlt! Wir haben das Kissen zum Abkühlen auf den Balkon gelegt (und auch, weil ich Ilses Gefühle nicht verletzen wollte).

Wissen Se, mit Kirsten is es so: Wenn man auf ihr Geplapper eingeht, hört sie nicht auf. Deshalb muss man sie beschäftigen. Mit der Rückenblockade war ich ja wohl schon gestraft genug, oder wie sehen Sie das? Da konnte ich mir nicht noch ihren Quatsch anhören.

Mit meinem Kreuz war ich schon in der zweiten Phase, sozusagen. Ich kenne das, ich bin 82, und es war nicht mein erster Hexenschuss. (Seit die Berber hier im Haus wohnt, häuft sich das aber, das muss ich sagen!) Es läuft immer so ab, dass in der ersten Phase der ganze untere Rücken, da, wo die Lendenwirbel sitzen, ein einziger Schmerz ist. Nach zwei, drei Tagen kommt dann Phase zwei, da löst sich die ganz harte Blockade, und man spürt die Stellen, an denen die Knochen rausgesprungen sind und auf die Nerven drücken. Sehr unangenehm, sage ich Ihnen, aber wenn man es das erste Mal hinter sich hat, weiß man damit umzugehen. Lassen Se die Doktorsche sein, wie sie will, aber da hat sie recht: Es hilft nur Wärme und Ruhe. Daran halte ich mich auch, schließlich will ich noch ein paar Jahre meine Runden hier auf Erden ziehen. Also lag ich ruhig und still im Bett auf meinem Körnerkissen und nahm brav die Tabletten. Kirsten beschäftigte ich, so gut es ging. Als Erstes schickte ich sie auf die Friedhöfe, um ihre Väter zu gießen. Gerade im Frühjahr, wenn die Stiefmütterchen frisch gepflanzt sind und das Wetter noch nicht weiß, was es will, ist auf den Gräbern jeden Tag was zu richten. Mal ist es windig, mal brennt schon die Sonne, und dann gibt es spät doch noch mal Frost. Es ist immer was zu tun. Kirsten ist mit ihrem Sportwagen durch den Feierabendverkehr von Berlin gebollert, hihi, und hat sich gewundert, dass sie bis zum frühen Abend weg war. Es war schon fast duster, als sie fix und fertig nach Hause kam. «Mama, wie machst du das bloß? Warum tust du dir diese Arbeit an? Lass doch die Gräber einebnen.» Na, ich musste gar nicht erst antworten, mein Blick hat ihr klargemacht, dass sie mir mit so was nicht kommen muss. Sie war jedenfalls ganz kaputt, sodass sie sich gleich nach dem Abendbrot – was sie so «Abendbrot» nennt, es gab Meisenknödel mit Löwenzahn – auf die Couch gelegt hat. Raten Se mal, wer an dem Abend wen zugedeckt hat – richtig, Ihre Renate Bergmann das liebe Töchterlein.

Wie gesagt, am besten schaltet man Kirsten aus, indem man ihr ein bisschen Arbeit gibt. Ich machte mit klaren Worten deutlich, dass ich

Lammbraten geplant habe fürs Fest und dass nun also sie, Kirsten, den beizen, spicken und braten würde. Den Blick hätten Se sehen sollen. Ich kenne Kirsten und weiß, wie man sie anpacken muss. Bei dem Mädelchen helfen nur ganz klare Ansagen, um gegen ihre Flausen anzugehen. Schon als Backfisch, als das aufkam bei ihr, sonnabends bis in die Puppen im Bett zu liegen, ließ ich sie den Besen nehmen und das Treppenhaus fegen. «Bis acht ist das erledigt, Fräulein! Die Leute gucken doch. Und wenn du fertig bist, meldest du dich. Mutti macht Kontrolle, und wenn es in Ordnung ist, kriegst du neue Arbeit.» Geschadet hat es ihr nicht.

Nun ja. Ich weiß schon, was Sie jetzt denken.

Aber das kommt nicht davon!

Letzthin rief mich die Frau Schlottmann aus Brunskögl im Sauerland an. Das ist da, wo Kirsten … wirkt. Die Schlottmannsche ist Kirstens Nachbarin und eine ganz patente Person, mit der kann man reden. Die sieht es genauso wie ich: Kirsten hat einen kleinen «Hau». Wenn es der Frau Schlottmann zu bunt wird, läutet sie mich an und macht sich mal Luft. Neulich eben, weil Kirsten in der Fußgängerzone Luftballons verteilt hat mit Zetteln dran, auf denen stand «Lächle und tanze». Sie machte es (mit ihrem Pudel!) auch vor, und das gab eine große Aufregung in Brunskögl und eine kleine Notiz in der Lokalzeitung.

Jedenfalls … wo war ich? Ach ja. Ich ließ keine Zweifel aufkommen, dass ich das ernst meinte mit dem Braten. Zu meiner Überraschung widersprach Kirsten auch nicht, sondern griff zu Gummihandschuhen und machte sich an die Lammkeule. Es stand offenbar schlimmer um mich als ich dachte, sonst hätte das Kind doch ein Gezeter angestimmt und sich gesträubt. Oder sie wurde auch langsam alterszahm. Mit Mitte 50 ging es bei mir auch los, wenn ich mich recht entsinne. Ich rief vom Krankenlager aus Tipps in die Küche, die sie aber nur brubbelig und halbherzig zur Kenntnis nahm. Jedenfalls war der Braten, als sie ihn «fertig» nannte, alles andere als gelungen. Das Fleisch war zäh, und es schmeckte auch fad. Aber wissen Se – der Wille zählt. Man muss auch mal aufeinander zugehen. Dass meine Kirsten, die sonst nur Radieschen raspelt, für die Mutti einen Braten gemacht hatte, das rechnete ich ihr hoch an. Als sie mit Katerle im Gästezimmer malte – fragen Se nicht, sie ließ ihn den Schwanz in Lebensmittelfarbe einstippen und über Papier schleifen, das Gekleckse verscherbelt sie dann für teuer Geld! –, habe ich den Braten rasch ausgetauscht. Selbstverständlich hatte ich einen fertigen eingefroren. Schließlich kann immer mal was schiefgehen. Ich taute meinen butterzarten Braten auf und versteckte Kirstens zähe Keule erst mal oben im Kühlschrank. Die guckt eh immer nur unten ins Gemüsefach.

Als sie wieder abgereist war, überlegte ich, ob ich das gute Fleisch (Lamm ist doch teuer!) wirklich für Katerle pürieren soll. Der hat noch weniger Zähne als ich, wissen Se. In «Haus Abendsonne» machen die Schwestern das auch für die greisen Insassen. Bewohner. Ich glaube, man sagt Bewohner. Aber ich kam irgendwie davon ab.

Kirsten war sehr stolz, dass mir ihr Braten – oder das, was sie dafür hielt – so gut schmeckte. Sie selbst aß sogar ein bisschen Soße, was sie sonst nie macht. Ich musste versprechen, niemals ein Sterbenswörtchen zu einer ihrer Kundinnen und Freundinnen davon zu erzählen. Das Versprechen gab ich gern. Ich meide den Umgang mit diesen merkwürdigen Tanten. Sofern ich wirklich mal einer begegne, schalte ich auf schwerhörig und lächele. Die wollen einem immer gleich die Karten legen, die Schakren öffnen oder sonst irgendwelchen Quatsch mit einem veranstalten.

Ja, an dem Ostern habe ich dann nicht die Reste eingefroren, sondern den eigentlichen Braten. Umkommen lassen muss man das nun auch nicht. Ich habe die Keule vier Stunden lang auf ganz kleiner Flamme fertiggegart und nachgewürzt, die war tipptopp!

Lassen Se Kirsten sein, wie sie will, aber dass sie dieses Weihnachten nicht kommen würde, machte mich ein kleines bisschen wehmütig. Tochter ist Tochter, und Weihnachten ist Weihnachten. Da gehört die Familie doch irgendwie zusammen. Kirsten hatte jedoch gerade einen neuen Kursus angefangen, irgendwas mit Klangschalen und Kätzchen. Eine der Pussis sprang aber immer wie eine Furie in die Gardinen, statt sich zu entspannen und Richtung Karma zu atmen. Jedenfalls meinte Kirsten, sie könne unter diesen Umständen auf keinen Fall weg.

«Ilse, es gibt Lamm», sprach ich, während wir langsam durch die Straßen von Spandau fuhren.

Rotkohl und Grünkohl hatten wir fix und fertig da, der passt ja zu allem, und Semmelknödel und Salzkartoffeln als Beilage sind schnell gemacht.

Als wir in Gläsers Straße einbogen und auf das

Haus zusteuerten, brannte Licht im Küchenfenster. Ilse schimpfte sofort los: «Kurt! Du hast das Licht brennen lassen! Was das wieder kostet! Ich habe doch extra noch gesagt, dass du …» – «Ich sollte gucken, ob der Herd aus ist. Und das hab ich. Wobei, vielleicht ist er ja jetzt an?», sprach Kurt geheimnisvoll und grinste frech. Ich wusste nun gar nicht mehr, was los war, und Ilse auch nicht. Wir stiegen aus und gingen untergehakt zum Haus. Es hatte zwar nicht geschneit, aber man weiß ja nie, ob die Gehwege nicht doch überfrieren. Ilse hatte den Hausschlüssel schon griffbereit in der Hand, doch bevor sie ihn ins Schloss stecken konnte, öffnete sich die Pforte … und da standen auf einmal Sigrid und meine Kirsten! Mir blieb fast das Herze stehen. Ilse auch, so überrascht habe ich sie noch nie gesehen! Wir drückten unsere Töchter an die Herzen, und Kurt drängte uns in den Flur. «Hopp, rein, Frauen, wir heizen doch nicht, damit die Spree nicht zufriert!», mahnte er.

Es war eine Freude! Die Mädchen – wissen Se, auch wenn Sigrid und Kirsten auf die 60 zugehen, bleiben sie doch immer unsere Mädchen! – hatten sich überlegt, dass sie uns dieses Weihnachten mal richtig überraschen wollten. Sigrid hatte nie vor, in den Urlaub zu fliegen, und Kirstens Kätzchen hing auch gar nicht in der Gardine. Stattdessen war Sigrid zum Flughafen gefahren, um Kirsten abzuholen. Den Schlüssel hatte sie Gläsers nur gebracht, damit Ilse ihr nicht draufkam. Kurt, der olle Schlawiner, hatte auch gar nicht vergessen, wo Herr Keule wohnte, sondern die Adresse den Mädels fernmündlich durchgegeben. Die beiden hatten den Vogel selbständig abgeholt, und nun raten Se mal, was in Ilses Herd goldbraun und knusprig vor sich hin bruzzelte?

Wir alten Damen waren ganz durcheinander. Diese Überraschung! Ilse hatte Mantel und Hut abgelegt und wollte gerade wieder das Kommando übernehmen, wie sie es gewohnt ist, aber sie hatte keine Chance. Es war ja alles fertig! Die Mädels hatten die Festtafel in Gläsers gute Stube gestellt, ich sage Ihnen, alles sah aus wie im Granghotel. Das frisch geplättete Tafeltuch lag edel auf dem Esstisch, Ilses Meißen war aufgedeckt, und das Tafelsilber glänzte im Schein der Kerzen, die in meinen prächtigen silbernen Leuchtern vor sich hin flackerten. Die musste Kirsten mitgebracht haben! Sogar an den Weihnachtsbaum hatten die beiden gedacht. Er erstrahlte in den schönsten Farben und ließ Gläsers mundgeblasene Kugeln aus dem Erzgebirge prächtig aussehen. Das war so schön! Als Kirsten dann auch noch die Musik einschaltete und aus dem Plattengerät Helene Fischer mit «Süßer die Glocken nie klingen» erklang, da war es um mich geschehen. Ich musste mich setzen. Kirsten drückte mich ganz fest. «Fröhliche Weihnachten, Mama», flüsterte sie mir ins Ohr. «Du willst dich doch bestimmt umziehen?» Sie hatte nicht nur meine Kerzenhalter dabei, sondern auch meine gute puderfarbene Bluse und den Bahnenrock, den ich schon seit Wochen für dieses schöne Fest rausgehängt hatte.

Herausgeputzt und in festliche Garderobe gekleidet nahmen wir Platz. Die Gans zerging auf der Zunge. Sigrid schlägt, was das Kochen betrifft, wohl mehr nach Ilse als Kirsten nach mir. Sie hatte alle Register gezogen und nach Muttis oller schwarzen Kladde Grünkohl, Rotkohl und Knödel zubereitet, wie es Ilse selbst nicht besser vermocht hätte. Aber auch meine Kirsten hatte was beigesteuert. Sie hat eine Soße gezaubert, wissen Se, man musste wirklich staunen. Ich kannte ihr Gemüsemus immer nur als geschmacklose Pampe, mit der man auch mauern kann. Aber was sie uns hier kredenzte, war ein Genuss. Die Soße schmeckte kräftig und gleichzeitig samtig, ein bisschen nach Lebkuchen und

Apfelsine. Wirklich wun-der-bar. «Und das ist alles vegan, Mama!», sagte Kirsten mit leuchtenden Augen und sehr stolz. Zur Feier des Tages nahm Kirsten zum Nachtisch von der feinen Zitronenspeise. Die wird mit ganz frischen Eiern gemacht. Eier sind für sie wie Fleisch, da presst sie die Lippen zusammen und guckt böse. Nicht jedoch an diesem Tag.

Wir mussten Kirstens Pudel zu uns unter den Tisch nehmen, was mir gar nicht recht war. Tiere gehören beim Essen nicht an die Tafel! Aber er war schon zweimal mit dem Po an die Babywanne mit Kartoffelsalat gerumst, die in der Küche stand. Kriegen Se mal Mayonnaise aus Pudelfell, ich bitte Sie, auf so eine Schweinerei hatte am Heiligen Abend nun wirklich keiner Lust! Bevor das noch einen Unfall gab, nahmen wir das Tier lieber unter den Tisch, um den Salat zu schonen. Eigentlich hätte es ja Heiligabend Kartoffelsalat und Würstchen geben sollen und am ersten Feiertag die Gans. Aber wer dachte bei einer so wunderbaren Überraschung noch daran?

Ilse war, bei aller Freude und Rührung, doch etwas bedrückt. Nach dem Kompott, als Kurt uns ein Glas selbstgemachten Obstwein spendierte, rückte sie an Sigrid ran und mit der Sprache raus.

«Kind, vorneweg: Auch wenn es teuer wird,

kommen Vati und ich für den Schaden auf. Erschrick also bitte nicht und höre mir erst mal zu. Als wir probiert haben, ob dieses Piepding der Schlüssel zu deinem Haus ist, ist uns dein Staubsauger entwischt … ich … es …»

Ilse musste absetzen und erst mal durchatmen, so unangenehm war ihr die Angelegenheit.

«Aber Mutti!», lachte Sigrid auf. «Das war doch ein Streich von mir! Guck, hier!»

Sie zog ihr Scheibchentelefon aus der Tasche und drückte irgendwas. Man konnte den Hauseingang sehen, denken Se sich nur! Die hatte eine Kamera in der Sprechklingel und konnte von überall auf der Welt aus gucken, wer vor ihrer Tür stand. Sigrid hatte sich einen Spaß daraus gemacht, uns Alte mit dem Staubrobbotter zu erschrecken! «Was meint ihr, wie Kirsten und ich im Auto gekichert haben. Mach dir keine Sorgen, Mutti, das Ding steht in der Ladestation und zapft Strom.»

Kirsten kam mit einem grünen Gebräu aus der Küche. Sie nahm mir den schönen Mehrfruchtwein weg und drückte mir das Zeug in die Hand. «Das ist gut für die Galle, Mama», sagte sie und wollte mit mir anstoßen. Ich stellte ihre Gut-für-die-Galle-Plörre mit einem lauten Knall auf den Tisch, nahm den Wein und sagte: «Und das ist gut für die Stimmung, Kirsten!» Sie wollte noch was erwidern, aber wir prosteten uns alle zu und stießen an. Ilse lächelte erleichtert, war aber auch ein bisschen angefasst. Ganz wohl fühlte ich mich auch nicht. Wir Alten standen da wie die dusselige Magd in einem Bauernschwank. Aber das gehört doch auch zum Weihnachtsfest, nicht wahr? Man freut sich, dass man beisammen ist, aber nicht jede Überraschung gelingt. Dann macht man gute Miene zum nicht böse gemeinten Spiel und geht über zur nächsten Mahlzeit.

Wir hatten viel einzufrieren an dem Abend. Wissen Se, Sigrid hatte für uns paar Hansels beide Gänse gebraten, da sah man gar nicht, dass überhaupt was gegessen worden war. Ilse und ich standen bald bis elf in der Küche und teilten auf.

An diesem wunderschönen, besonderen Weihnachtsabend kam ich erst spät zu Bett. Doch bevor ich einschlief, löschte ich beim Fäßbock noch die Suche nach dem Staubsauger.

So, das waren nun also meine Weihnachtsgeschichten quer durch die vergangenen Jahrzehnte. Kein Fest ist so gewesen, wie ich es mir vorher ausgemalt habe. Immer kam es anders, als es vorher gedacht war. Man kann sich noch so viel Mühe geben und einen Stundenplan machen, Weihnachten ist Leben, und das macht bekanntlich noch immer, was es will, und schreibt die schönsten Geschichten. Manchmal ein bisschen traurig, manchmal zum Schmunzeln, aber immer mit Herz.

Ich hoffe, dass Sie ein wenig Freude hatten beim Lesen, und wünsche Ihnen und Ihren Lieben nun eine fröhliche, besinnliche und gemütliche Advents- und Weihnachtszeit.

Ihre Renate Bergmann

PS Als eiserne Reserve füttern Gertrud und ich ab Sommer auch immer die Enten im Park, damit sie was auf die Rippen kriegen und zahm werden und man im Notfall darauf zurückgreifen kann. Aber ich glaube, das darf ich nicht erzählen, weil das Fräulein vom Verlag sonst mit den Augen dreht und sagt: «Frau Bergmann, wie oft wollen Sie mir die Geschichte denn noch aufschreiben?» Jaja. Hihi. Ich glaube, bei der gibt es Weihnachten Ziegenbraten.

Weitere Titel

Besser als Bus fahren

Das bisschen Hüfte, meine Güte

Das Dach muss vor dem Winter drauf

Das kann man doch noch essen

Die Reste frieren wir ein

Ich bin nicht süß, ich hab bloß Zucker

Ich habe gar keine Enkel

Ich seh den Baum noch fallen

Kennense noch Blümchenkaffee?

Wer erbt, muss auch gießen

Wir brauchen viel mehr Schafe

Über Topflappen freut sich ja jeder

MIX
Papier aus verantwortungsvollen Quellen
FSC® C083411

Das für dieses Buch verwendete Papier ist FSC®-zertifiziert.